RUTH RENDELL

Der Tod fällt aus dem Rahmen

Buch

Einst gehörten der Park und das alte Herrenhaus von Linchester dem englischen Landadel, bis ein findiger Geschäftsmann das paradiesische Gelände erwarb und darauf Villen errichtete. Nur eine Kleinfamilie paßt nicht in dieses noble Ambiente: das Ehepaar Selby. Tamsin und Patrick Selby, in direkter Linie Cousin und Cousine, liefern allein durch diese Tatsache genug Stoff für Tratsch. Obendrein treiben die Gerüchte über das außereheliche Liebesleben der beiden wilde Blüten. Neben den Affären der bildschönen Tamsin und des eher naturverbundenen Patrick gibt es in diesem Sommer noch zwei weitere Themen: Die Wespenplage sowie die bevorstehende Gartenparty zu Tamsins Geburtstag. Es wird allgemein erwartet, daß hier endlich alle offenen und versteckten Amouren aufgedeckt werden – ein Skandal liegt in der Luft. Die Party endet tatsächlich etwas überstürzt – und am nächsten Tag liegt Patrick tot in seinem Bett ...

Autorin

Ruth Rendell wurde 1930 in South Woodford / London als Tochter eines Lehrerehepaares geboren. Nach der Schule arbeitete sie zunächst als Journalistin, bevor sie sich ganz dem Schreiben widmete. Seitdem hat sie an die 30 Romane veröffentlicht und zahllose Preise erhalten, darunter den *Golden Dagger* für ihr Gesamtwerk.

Von Ruth Rendell außerdem im Goldmann Verlag erschienen:

Das geheime Haus des Todes. (42582) · Der Krokodilwächter. (43201) · Der Kuß der Schlange. (43717) · Der Liebe böser Engel. (42454) · Der Mord am Polterabend. (42581) · Die Besucherin. (43962) · Die Brautjungfer. (41240) · Die Tote im falschen Grab. (43580) · Die Werbung. (42015) · Eine entwaffnende Frau. (42805) · Flucht ist kein Entkommen. (43815) · Mord ist ein schweres Erbe. (42583) · Mord ist des Rätsels Lösung. (43718) · Phantom in Rot. (43610) · Schuld verjährt nicht. (43482) · Stirb glücklich. Stories (41294) · Lizzies Liebhaber. Stories (43308) · Ruth Rendell / Helen Simpson. Das Haus der geheimen Wünsche / Die Sünden des Fleisches. Zwei Romane in einem Band (41169)

Als gebundene Ausgabe bei Blanvalet:

Die Herzensgabe: Roman (0653)

Ruth Rendell

Der Tod fällt aus dem Rahmen

Roman

Aus dem Englischen von
Monika Wittek-Elwenspoeck

GOLDMANN

Die Originalausgabe erschien 1965 unter dem Titel
»To Fear a Painted Devil«
bei John Long, London

Umwelthinweis:
Alle bedruckten Materialien dieses Taschenbuches
sind chlorfrei und umweltschonend.

Neuveröffentlichung 7/98

Umschlaggestaltung: Design Team München
Umschlagfoto: Ernst Wrba
Satz: IBV Satz- und Datentechnik GmbH, Berlin
Druck: Elsnerdruck, Berlin
Verlagsnummer: 43814
AB · Herstellung: Heidrun Nawrot
Made in Germany
ISBN 3-442-43814-4

5 7 9 10 8 6

Für Margaret und Cyril Rabbs
in Liebe

Schlafende und Tote sind Bilder nur,
Der Kindheit Aug' allein scheut den
gemalten Teufel.

Macbeth

Prolog

Er war neun. An seinem ersten Morgen in England überlegte er, ob wohl alle englischen Häuser so waren wie dies, groß, aber mit kleinen Räumen voller Sachen, mit denen kein Mensch etwas anfangen konnte: Statuen ohne Arme, Vasen mit Deckel, Vorhänge, so starr drapiert wie ein Abendkleid seiner Mutter.

Sie waren in der Nacht zuvor angekommen. Sein Vater hatte ihn in eine Decke gewickelt und auf dem Arm durch die Halle getragen. Er erinnerte sich nur an die breite Eingangstür aus massivem Holz, in die das Bild eines Baumes aus buntem Glas eingearbeitet war. Sie hatten ihn ausschlafen lassen, und irgend jemand hatte ihm ein Frühstückstablett hingestellt. Als er jetzt nach unten ging und den von einem lanzenbewehrten Bronzesoldaten bewachten Treppenabsatz überquerte, sah er die Halle unter sich liegen und hielt inne.

Es war ein schöner Morgen, aber der Raum wirkte im Zwielicht düster und still. Anstatt Tapeten bedeckten gerahmte Stickereien die Wände, dazwischen Vorhänge, die etwas verhüllten – aber was? Fenster? Türen? Es kam ihm vor, als verdeckten sie etwas, was keiner sehen sollte. Da war ein einzelner Spiegel mit Rahmen aus Holz. Dieser Rahmen aus geschnitztem und poliertem roten Sandelholz schien zu wachsen, denn feingeschnittene Blätter und Zweige reckten sich bis über das Glas. In dem Spiegel sah er sich nicht selbst, sondern eine offene Tür und dahinter den Anfang des Gartens.

Die Tür stand weit offen, und er ging hindurch, nach dem Garten suchend. Da sah er das Bild. Er blieb wie angewurzelt stehen und starrte es an.

Es stellte eine Dame im altmodischen, blau-gold gestreiften Seidenkleid mit einem kleinen, goldenen Käppchen auf dem Kopf dar. Sie trug einen silbernen Teller, und auf diesem Teller lag der Kopf eines Mannes.

Er wußte, es mußte ein gutes Bild sein, denn der Künstler hatte die Szene ganz wirklichkeitsgetreu gemalt. Nichts war weggelassen, nicht mal die Blutlache auf dem Teller und die weißen Röhrendinger im Hals des Mannes an der Stelle, wo er vom Körper abgetrennt worden war.

Die Dame schaute nicht das Ding auf dem Teller an, sondern ihn. Sie lächelte, wobei ihr Gesicht einen sonderbaren Ausdruck hatte, träumerisch, triumphierend, befriedigt. Noch nie hatte er solch einen Blick bei irgendwem gesehen: Doch plötzlich wußte er intuitiv und mit einer Art fundamentaler Erkenntnis, daß sich Erwachsene manchmal so ansahen und daß sie solche Blicke vor Kindern verbargen.

Er riß seinen Blick von dem Bild los und hob die Hand zum Mund, damit man seinen Aufschrei nicht hören sollte. Dann stürzte er blindlings davon in Richtung der Glasveranda, die den Raum vom Garten trennte.

An der Schwelle stolperte er und streckte haltsuchend die Hand aus. Sie berührte etwas Kühles, Weiches – aber nur einen Moment lang. Diesem Gefühl folgte ein schrecklicher, brennender Schmerz, der ihn durchfuhr wie der Schlag, den er einmal am Bügeleisen seiner Mutter bekommen hatte.

Draußen im Garten lachte jemand. Er schrie und schrie, bis er das Schlagen der Türen und eilige Schritte hörte. Die Frauen kamen aus der Küche zu ihm gelaufen.

Erster Teil

1

»Blausäure?« Der Drogist war überrascht. Seit zehn Jahren war er Mitglied der Pharmazeutischen Vereinigung, und zum erstenmal verlangte jemand so etwas bei ihm. Nicht daß er es so einfach verkaufen würde, nein. Er war schließlich ein verantwortungsbewußter Bürger und – nach seiner eigenen Einschätzung – beinahe ein Arzt. »Zyankali?« Strengen Blickes musterte er den kleinen Mann in dem für einen heißen Tag zu dunklen und schweren Anzug. »Wozu brauchen Sie das denn?«

Edward Carnaby seinerseits fühlte sich beleidigt. Mr. Waller war schließlich nur Drogist, nicht mal Chemiker in einem Labor. Daß Ärzte ihre Nase überall reinsteckten und versuchten, Dinge herauszufinden, die sie nichts angingen, war ja bekannt, aber Drogisten? Man verlangte, was man brauchte – Rasierklingen, Rasiercreme oder einen Film –, und bekam es ausgehändigt. Es wurde eingewickelt, man bezahlte und fertig. Genaugenommen war Waller nicht mehr als ein Ladenbesitzer.

»Ich möchte damit Wespen unschädlich machen. An meinem Haus, oben unter dem Dach, sitzt ein Nest.«

Unsicher fummelte er unter Wallers anklagendem Blick herum. Der Deckenventilator blies nur die heiße Luft durch den Raum, anstatt zu kühlen.

»Darf ich um Ihren Namen bitten?«

»Wozu das denn? Ich muß doch wohl kein Rezept dafür haben, oder?«

Waller ignorierte den beißenden Spott. Als verantwortungsbewußter Profi durfte man sich durch so einen billigen Seitenhieb nicht aus der Ruhe bringen lassen.

»Wie kommen Sie denn auf Zyankali?« Während er das sagte, teilte sich der Vorhang aus bunten Plastikstreifen zwischen Drogerie und Apotheke, und Linda Gaveston in ihrem pinkfarbenen Overall kam heraus. Ihr Erscheinen ärgerte Edward, teils weil sie so frisch und kühl aussah, teils weil er es für ein Mädchen, dessen Eltern in Linchester wohnten, unpassend fand, als Verkäuferin zu arbeiten. Sie lächelte unbestimmt in seine Richtung.

»Wenn Sie's unbedingt wissen wollen, ich habe darüber in einem Gartenbuch gelesen«, knurrte er.

Klingt plausibel, dachte Waller.

»Ein ziemlich veraltetes Buch, wahrscheinlich. Heutzutage rückt man Wespen mit einem der zuverlässigen Insektizide zu Leibe.« Er hielt inne, um das Fremdwort wirken zu lassen. »Eines, das für Warmblüter ungefährlich ...«

»Also gut«, unterbrach Edward ihn. Er hatte nicht vor, unter den Augen eines dieser affigen Gavestons eine Szene zu machen. »Warum sagen Sie das nicht gleich? Ich nehme es. Wie heißt das Zeug?«

»Vesprid.« Waller warf ihm einen letzten, unheilschwangeren Blick zu und wandte sich um. Der gibt ganz schön an, dachte Edward. Aber das Mädchen hielt ihm die Dose schon hin. »Zwei Shilling, elf Pence.«

»Danke«, erwiderte Edward kurz angebunden und nahm sein Wechselgeld.

»Gebrauchsanweisung liegt bei.«

Linda Gaveston hob leicht die Schultern und schlüpfte zwischen den schwingenden Plastikstreifen hindurch, wie sie es im Fernsehen bei einer Bardame gesehen hatte, die ihren Körper aufreizend durch einen Perlenvorhang schlängelte.

»Da geht er hin, der arme Irre«, sagte sie zu Waller, als Edward weg war. »Er wohnt bei uns in der Nähe.«

»Soso.« Wie alle Geschäftsleute in Chantflower hatte Waller großen Respekt vor Linchester. Geld von dort floß ihnen zu wie aus einer Süßwasserquelle. »Nicht gerade, was man erwarten würde, nach allem, was man so hört.« Er sah zu, wie Edward in sein Vertreterauto stieg, dessen Rücksitz mit Kartons vollgestopft war.« Es gibt eben solche und solche«, schloß er.

Freda Carnaby war an diesem heißen Nachmittag die einzige Hausfrau in Linchester, die tatsächlich arbeitete, und dabei war sie nicht mal eine Ehefrau. Sie putzte die Fenster in dem einzigen Wohnraum von Edwards Chalet zum einen, weil sie eine penible Hausfrau war, zum anderen, weil es ein guter Vorwand war, die Autos zu beobachten, die durch The Circle fuhren. Wer in Linchester wohnte, kam zeitig nach Hause, und der Mann, nach dem Freda Ausschau hielt, war vielleicht heute früher dran. Er würde ihr zuwinken, vielleicht sogar anhalten und sein Versprechen, sie später zu besuchen, erneuern. Außerdem würde er bei dieser Gelegenheit mal wieder merken, wie tüchtig und dabei weiblich sie war. Darüber hinaus würde er sehen, daß sie nicht nur am Abend gepflegt und hübsch aussah, sondern auch mit dem Fensterleder in der Hand.

Wenn man bedenkt, wen sie zu sehen hoffte, war es pure Ironie, daß das erste Auto, das auftauchte, Tamsin Selbys war. Auch wenn man das Nummernschild nicht sah (SIN 1A), erkannte man Tamsins Mini sofort; denn obwohl der Wagen neu war, hatten Regentropfen und

Staub auf dem schwarzen Lack und dem weißen Dach ihre Spuren hinterlassen, und der Rücksitz lag voller Blätter, Zweige und Abfall von den Feldern. Freda verzog voll Mißbilligung den Mund. Wenn man Geld hatte und sich hübsche Sachen dafür kaufen konnte (was das Monogramm auf dem Nummernschild allein gekostet haben mußte!), dann sollte man sie auch pflegen.

Gleich hinter ihr folgte Dr. Greenleafs Wagen. Zeit, daß er sich einen neuen kauft, überlegte Freda. Ärzte, so hatte es in einer ihrer Wochenzeitschriften gestanden, sind die heute am meisten respektierten Mitglieder der Gesellschaft und müssen deshalb gewissen Anforderungen entsprechen. Sie lächelte und neigte dabei den Kopf. Das freundliche Grinsen des Doktors signalisierte wohl, er war ihr dankbar, daß sie so gesund aussah und deshalb nicht seine kostbare Sprechstundenzeit in Anspruch nahm.

Als dann Joan Smith-King in ihrem Kombi voller Kinder aus Linchester auftauchte, die sie aus der Schule abgeholt hatte, war Freda mit dem Fenster fertig.

»Prompte Lieferung per hauseigenem Laster«, lachte Joan. »Den meint, ich müsse eigentlich den Führerschein für Lastwagen haben.«

»Kann ich zu Peter zum Tee gehen?« rief Cheryl. »Darf ich, Tante Free? Bitte!«

»Wenn sie Ihnen nicht zur Last fällt«, erwiderte Freda. Cheryl war vielleicht nur die Tochter eines Handelsvertreters, doch sie hatte gute Manieren. Dafür hatte Freda gesorgt. Zum Tee wegzugehen war allerdings ein Ärgernis. Nun kam Cheryl wahrscheinlich um sieben hereingesaust, gerade wenn Freda vorhatte, ganz entspannt dazusitzen, Kaffeetassen auf der besten Tischdecke, Papierservietten drapiert und Sherry in der Karaffe.

»Scheußlich, diese Wespen.« Joan schaute am Haus hoch, wo die Wespen unter der Dachkante hervortröpfelten. »Tamsin hat mir erzählt, daß Patrick einen bösen Stich an der Hand hat.«

»Ach ja?« Freda wandte den Blick von Joans Gesicht und schaute unschuldsvoll zur Hecke hinüber. »Komm nicht so spät«, sagte sie zu Cheryl. Joan fuhr weiter, eine Hand am Steuer. Mit der anderen zog sie Jeremy von Peter weg und schob Cheryl ihre Tochter Susan auf den Schoß. Das Baby in seiner Tragetasche auf dem Vordersitz fing an zu weinen. Freda ging nach hinten in die blitzblanke Küche.

Sie war gerade dabei, ihr Make-up aus dem kleinen Versteck von Kosmetika, das sie in einer Schublade angelegt hatte, aufzufrischen, als sie Edwards Wagen in der Auffahrt hörte. Die Eingangstür fiel ins Schloß.

»Free?«

Sie hastete ins Wohnzimmer. Edward stand schon am Plattenspieler und legte ›*In der Halle des Bergkönigs*‹ auf.

»Du hättest ruhig das Tor zumachen können«, rief sie aus dem Fenster, ließ es aber dabei bewenden. Eine Ehefrau konnte solche kleinen Dienstleistungen erwarten, aber nicht eine Schwester. Eine Schwester war lediglich Haushälterin, Kindermädchen für Edwards mutterlose Tochter. Dennoch ... ihre Laune wurde besser. In ein paar Jahren hatte sie vielleicht selbst ein Kind.

»Wann gibt's Tee?«

»Punkt halb sechs«, sagte Freda. »Ich habe dich doch noch nie auf deine Mahlzeiten warten lassen, Ted.«

»Es ist nur, weil um sieben der Kurs über Kraftfahrzeugwartung anfängt.«

Edward ging jeden Abend zu einem anderen Volkshochschulkurs. Montag und Donnerstag Französisch, Buchführung am Dienstag, Tischlern am Mittwoch und freitags Kraftfahrzeugwartung. Freda fand seinen Eifer anerkennenswert. Es war, so nahm sie an, für ihn eine Möglichkeit, über den Tod seiner Frau hinwegzukommen. Sie hatte gerade noch lange genug gelebt, um die Gardinen in dem neuen Haus aufzuhängen. Als die erste Rate der Hypothek fällig wurde, war sie tot.

»Was machst du heute?«

Sie zuckte die Achseln. Er war ihr Bruder, aber auch ihr Zwilling, und er wachte ebenso eifersüchtig über ihre Zeit, wie es vielleicht ein Ehemann getan hätte.

»Manchmal«, sagte er, »frage ich mich, ob du nicht einen heimlichen Freund hast, der immer, wenn ich um die Ecke bin, hier hereinschaut.«

Redeten die Leute schon? Nun, warum auch nicht? Noch ein paar Tage, und es wußten sowieso alle. Auch Edward. Komisch, der Gedanke daran ließ sie erschauern.

Er drehte die Platte um und richtete sich auf. Solveigs Lied, Musik für ein kühles Klima, erfüllte das stickige Zimmer. Die klare Stimme gefiel Freda, ließ sie an große, stille Räume denken, die sie bisher nur von außen gesehen hatte, wenn sie mit ihrem Einkaufskorb daran vorbeiging. Im großen und ganzen, dachte sie, würde sie gern dort wohnen. Sie wäre da nicht empfindlich. Er liebt mich, und dabei dachte sie an Edward. Ein langer Schauer aus Schmerz und bangem Glücksgefühl wanderte durch ihren Körper, von den Schultern, an den Schenkeln entlang bis zu ihren Füßen in den engen, spitz zulaufenden Schuhen.

»Das wäre mir gar nicht lieb, Free«, fuhr er fort. »Du hast es doch hier bei mir am besten.«

»Wir werden sehen, wie sich alles entwickelt, nicht wahr«, erwiderte sie und schaute durch die rautenförmigen Fensterscheiben auf Linchester, auf die zehn anderen Häuser, die eine grüne Insel in der Mitte umschlossen. Wie hübsch und anregend würde sich das alles im nächsten Jahr aus einem anderen Blickwinkel ausnehmen. Als sie sich umdrehte, war Edward neben ihr und schnipste mit den Fingern vor ihrer Nase herum, um sie auf den Boden der Tatsachen zurückzuholen.

»Laß das«, sagte sie. Er setzte sich gekränkt und klappte sein Kursbegleitbuch ›*Grundzüge der Währungswirtschaft*‹ auf. Freda ging nach oben, um ihr Haar einzusprühen, die Strumpfnähte zu begradigen und sich noch ein bißchen *Fresh Mist* unter die Achseln zu sprühen.

Denholm Smith-King war es gewohnt, für seine Frau kleinere, wenn man so will auch größere Dienstleistungen zu erbringen. Bei fünf Kindern kam er kaum darum herum. Als sie ankam, war er schon daheim und gerade dabei, ›eine Tasse Tee‹, wie er es scherzhaft und untertrieben nannte, vorzubereiten. Im Haushalt der Smith-Kings hieß das, einen ganzen Laib Brot aufschneiden und buttern und ein paar Pfund Kuchen aufzuteilen.

»Du bist zeitig zu Hause«, sagte sie.

»Ist nicht viel los im Moment.« Geistesabwesend begrüßte er Cheryl, nicht ganz sicher, ob sie eines seiner eigenen Kinder war oder nicht. »Es läuft ein bißchen lasch derzeit. Also bin ich in den Schoß der Familie geeilt.«

»Lasch?« Sie fand ein Tischtuch und breitete es über ein ehemals schönes und makelloses Stück Teakholz.

»Mir gefällt das nicht, Den. Ich wollte schon lange mal mit dir übers Geschäft reden ...«

»Hast du jemanden gefunden, der morgen abend die Bande hier in Schach hält?« fragte er, geschickt das Thema wechselnd.

»Linda Gaveston will rüberkommen. Ich habe sie gefragt, als ich bei Waller war.« Joan nahm die Karte vom Kaminsims und las laut: »Tamsin und Patrick Selby. In ihrem Heim. Samstag, 4. Juli, acht Uhr. Natürlich weiß ich, wie affektiert Tamsin ist, aber ›in ihrem Heim‹ geht doch ein bißchen weit.«

»Ich schätze, man kann so weit gehen, wie man will«, sagte Denholm, »wenn man ein privates Einkommen und keine Kinder hat.«

»Es ist nur eine Geburtstagsparty, Den. Sie wird morgen siebenundzwanzig.«

Denholm setzte sich schwerfällig, ein widerwilliges Familienoberhaupt am Kopfende seines Eßtischs. »Siebenundzwanzig? Ich hätte sie nicht über zwanzig geschätzt.«

»Ach, red doch keinen Unsinn, Den. Die beiden sind schon Jahre verheiratet.« Sie war etwas pikiert über seine Bewunderung für eine andere Frau, aber nun schaute sie ihn über die Köpfe ihrer Kinder hinweg liebevoll an. »Stell dir bloß mal vor, Jahre mit Patrick Selby verheiratet zu sein!«

»Nun, ich würde sagen, das ist eine Frage des Geschmacks, altes Mädchen.«

»Ich weiß nicht, was es ist«, meinte Joan, »aber der Mann macht mir angst. Jedesmal, wenn ich ihn mit seinem großen deutschen Hund vorbeigehen sehe, schaudert's mich.« Sie wischte dem Baby mit einer Serviette übers Kinn und seufzte. »Heute vormittag war das Untier wieder im Garten. Tamsin hat sich sehr dafür entschuldigt. Das muß ich ihr lassen. Auf ihre Art ist sie ein ganz nettes Mädchen, nur ist sie meist nicht richtig wach.«

»Schade, daß sie keine Kinder haben«, meinte Denholm nachdenklich. Dabei war er sich nicht ganz sicher, ob er den Selbys Kinder wünschte, weil es ihm ehrlich leid tat, daß sie keine hatten, oder aus Rache. Joan sah ihn scharf an.

»Sie sind Vettern ersten Grades, wie du weißt.«

»Ah«, meinte Denholm, »zusammen aufgewachsen. Eine Sandkastenfreundschaft, ja?«

»Das weiß ich nicht«, sagte seine Frau. »Er sieht mir nicht so aus, als könne man ihn danach fragen, und sie ist allzusehr in ihrer Rolle als verlorenes kleines Mädchen gefangen.«

Nach dem Tee verschwanden die Kinder im Garten. Joan drückte ihrem Mann ein Handtuch in die Hand und fing an abzuwaschen. Jeremys Schrei ließ sie beide zusammenfahren, und noch bevor er verklungen war, stand Denholm, der wußte, was es zu bedeuten hatte, draußen auf dem Rasen und schwang drohend den Stock, den er für diesen Fall in der Veranda aufbewahrte.

Nur Cheryl war nicht zurückgeschreckt. Die anderen Kinder hingen an Denholm, der zwischen Sandkasten und Schaukel auf den Hund zuging.

»Raus hier, du Vieh!«

Der Weimaraner sah ihn höflich, aber mit einer Art milder Geringschätzung an. Es war nichts Wildes an dem Tier, aber auch nichts Liebenswertes. Dazu war es zu selbstbewußt, zu hochgezüchtet. Der Hund stand inmitten der Blumenrabatten, und die Ringelblumen reichten ihm bis zu den Flanken. Als Denholm erneut auf ihn einschimpfte, streckte er eine himbeerrote Zunge heraus und schnappte elegant nach einer Ritterspornblüte.

Cheryl griff nach Denholms Hand. »Sie ist ein netter Hund, wirklich. Sie kommt nämlich oft zu uns.«

Ihre Worte sagten Denholm nichts, aber er ließ den Stock fallen. Auch wenn er nicht sonderlich sensibel war, so konnte er den Hund kaum in Gegenwart der Frau schlagen, die plötzlich und leise auf dem Rasen nebenan erschienen war.

»Queenie kommt oft zu uns«, sagte Cheryl noch einmal.

Tamsin Selby hatte es gehört, und eine Welle des Schmerzes ging über ihr glattes braunes Gesicht hinweg.

»Es tut mir schrecklich leid.« Sie lächelte mit geschlossenen Lippen. »Bitte, Denholm, sei ihr nicht böse. Sie ist so lieb.«

Denholm grinste töricht. Bei den Selbys kam er sich immer wie ein Trottel vor. Vielleicht war es der Kontrast zwischen ihrem tadellosen Garten und seinem eigenen wilden Spielplatz; ihrer hellen Schneidergarderobe und dem, was er seine Klamotten nannte; ihrem Wohlstand und seinen unerfüllten Bedürfnissen.

»Er ängstigt die Kleinen«, grummelte er.

»Komm, Queenie!« Ihr langer brauner Arm beschrieb eine langsame, elegante Kurve. Sofort sprang der Hund über die Hecke.

»Ich hoffe, wir sehen uns morgen, Denholm?«

»Ihr könnt auf uns zählen. Wenn es eine Gelegenheit gibt, sich auf angenehme Art und Weise einen anzusäuseln, sind wir dabei.« Die Situation war ihm unangenehm, und er ging rasch ins Haus. Aber Cheryl blieb zurück und beobachtete mit neugierig-intelligenten Kinderaugen die Szene. Sie fragte sich, warum die Dame, die so ganz anders war als Tante Free, unter der Weide drüben auf die Knie fiel und ihre Arme um den weichen, cremefarbenen Nacken des Hundes schlang.

2

Vor fünf Jahren sprachen die Leute in Nottinghamshire von dem Herrenhaus und dem Park, wenn sie Linchester meinten. Gehörten sie zum Landadel, erinnerten sie sich an Gartenparties, wenn nicht, dann zumindest an Busfahrten zu einem klassizistischen Haus, wo man für eine halbe Krone Eintritt eine Menge wertvolles, aber langweiliges Porzellan besichtigen konnte, während die Kinder an dem alten Grenzzaun herumtollten. Doch all das hatte mit dem Tod des alten Marvell ein Ende. Es schien, als hätte das Haus noch einen Tag existiert, und am nächsten waren nur noch die Planierraupen zu sehen, die Henry Glide aus der Stadt hatte kommen lassen, und eine riesige Staubwolke, die grau und pfannkuchenförmig über den Bäumen hing, als habe jemand eine kleine Atombombe gezündet.

Niemand wolle dort wohnen, hieß es. Dabei vergaß man, daß Pendeln ›in‹ war, sogar in der Provinz. Henry selbst hatte so seine Zweifel, und noch bevor ihm klar wurde, daß er sich wohl besser auf Direktoren aus Nottingham konzentriert hätte als auf Farmer im Ruhestand, hatte er schon drei Chalets gebaut. Glücklicherweise, jedoch rein zufällig, wurden die drei Fehler durch einige alte Ulmen beinahe vollständig verdeckt. Er geriet völlig außer sich und begann nun, große Häuser mit kleinen Gärten über das ganze Grundstück zu verteilen, bis er nach einem vorsichtigen Blick auf den Vertrag mit Marvell sah, daß es da eine Klausel gab, die allzuviel Bäumefällen verbot. Seine Frau dachte, er würde langsam senil, als er sagte, er wolle nur noch acht Häuser bauen, acht wunderschöne, individuelle, von Architekten entworfene Häuser rund um eine breite Grünzone mit einem Teich in der Mitte. Und das meinten die Leute jetzt, wenn sie von Linchester redeten. The Green war der kleine See, auf dem Schwäne zwischen Seerosenblättern herumschwammen. Der großartige Name The Circle bezeichnete die Straße, die um The Green herumführte; das Cotswold-Bauernhaus und die Pseudo-Tudor-Häuschen, das der Greenleafs, das aussah, als sei es in der Gartenvorstadt Hampstead vorgefertigt und komplett nach Nottinghamshire verfrachtet worden, den Glaskasten der Selbys und Glides eigenen Sonnenanbeter-Bungalow. Aus dem Obergeschoß der Busse zeigten die Leute auf die Landsitztaschenausgabe der Gavestons, das Queen-Anne-Haus der Gages und das der Smith-Kings, das man als ganz gewöhnliches Haus geplant hatte und das jetzt nur noch Brutkasten war. Sie bemängelten die Chalets, diese armen Verwandten und ihre Bewohner, die Staxtons, MacDonalds und Carnabys.

Die beiden Männer von der Auslieferung der British Railways wohnten in Newark und waren noch nie in Linchester gewesen. Heute, am ruhigsten, herrlichsten Sommerabend des Jahres, sahen sie es von seiner Schokoladenseite. Doch es war nicht die liebliche Umgebung, die sie beeindruckte, nicht die elegante Form des Circle, nicht die steinernen Ananasfrüchte auf den Säulen rechts und links der Einfahrt zum ehemaligen Herrenhaus, auch nicht die Bäume, Ulmen, Eichen und Ahorn, die jedem Haus seine Exklusivität verliehen, nein, es waren die Häuser selbst in ihrer Pracht.

Überwältigt von Ehrfurcht und gleichzeitig mißtrauisch fuhren sie in ihrem Lieferwagen zwischen den Säulen hindurch in den Circle auf der Suche nach einem Haus namens Hallows. Der Wagen rumpelte die Straße entlang, hinterließ in dem weichen Teer seine Reifenabdrücke und schleuderte weiße Splittstückchen in die Luft, vorbei an den drei Fehlern, vorbei an Shalom, The Laurels und Linchester Lodge.

»Das da würde mir gefallen«, sagte der Fahrer und zeigte auf das Cotswold-Bauernhaus mit seiner Andeutung eines jadefarbenen Schweizer Balkongeländers. »Wenn meine Zahlen rauskommen.« Sein Beifahrer schwieg voller Neid und Verachtung.

»Halt die Augen offen, Reg. Wir haben eigentlich schon Feierabend.«

»Zum Donner«, sagte sein Kumpel und warf eine Kippe in die Rhododendronbüsche der Gavestons. »Ich hab doch keine Röntgenaugen. 'ne halbe Meile bis zu der Einfahrt und dann die vielen Bäume.«

»Also, ich würd die alle abholzen lassen. Halten nur das Licht ab, jawohl. Und dann würd ich noch was mit dem leeren Stück da in der Mitte machen. Könnte man noch 'n paar nette Bungalows hinsetzen, da, wo der Teich ist. Na also, da wär'n wir ja. Hallows. Hätt ich genausogut allein gefunden.«

Aber er war doch froh, als Reg ihm half, das Paket abzuladen. Es war schwer, und ein Aufkleber wies es auch noch als zerbrechlich aus. Irgendwas wie eine Tür oder ein großer Spiegel. Er konnte den Rahmen durch die Wellpappe der Verpackung fühlen.

Sie schleppten es zwischen den zwei Reihen junger Weiden die Auffahrt hinauf bis zum gepflasterten Hof vor dem Haus.

Die meisten Leute fanden Hallows sehr schön. Reg und der Fahrer hielten es, verglichen mit seinen üppigeren Nachbarn, für etwas langweilig. Es war ein schlichter, kastenförmiger Bau aus Yorker Stein und hellem, unpoliertem Holz; es hatte keine Giebel und keine Schornsteine, keine Läden und nicht eine einzige Buntglasscheibe. Vor den riesigen Fenstern hingen weiße Jalousien, und die Eingangstür war eine schwingende Komposition aus stahlgefaßtem Glas.

»Suchen Sie mich?« Die Stimme kam von oben, war unzweifelhaft Upper-class in ihrer zierlichen Unbestimmtheit. Der Fahrer sah zu dem langen, kahlen Balkon hinauf, wo die Frau an der Brüstung lehnte.

»British Railways, meine Dame.«

»Wie schrecklich!« sagte Tamsin Selby. »Das hatte ich ganz vergessen.«

Die Lieferung dieses Pakets hatte sie aus einer übermütigen, fast boshaften Laune heraus geplant, die sich aber von ihrer derzeitigen unterschied. Es hatte so lange gedauert, so vieles war inzwischen passiert. Sie verschwand durch die Balkontür ins Schlafzimmer.

»So leben also die Reichen«, meinte Reg zu dem Fahrer. »Hatt ich ganz vergessen, meine Fresse.«

Atemlos kam Tamsin zu ihnen heraus gelaufen. Das Ding mußte, koste es was es wolle, hereingebracht und möglichst versteckt werden, bevor Patrick nach Hause kam. Sie versuchte es den Männern abzunehmen, aber es war zu schwer für sie. Ihre Bemühungen wurden mit einer Art Triumph beobachtet.

»Würden Sie mir einen riesigen Gefallen tun und es nach oben bringen?«

»Also, wissen Sie«, fing der Fahrer an. »Das Ding ist ganz schön schwer ...«

Sie nahm zwei Halbkronenstücke aus der Handtasche, die sie sich im Vorbeigehen in der Halle gegriffen hatte.

»Hier können wir's wohl nicht lassen, oder?« Reg grinste zögernd.

»Das ist wirklich nett«, sagte Tamsin. Sie ging voraus, und die beiden Männer folgten ihr, trugen das Paket behutsam, um die taubengraue Textiltapete an den Wänden und die Farbe an dem geschwungenen, eisernen Handlauf des Treppengeländers nicht zu beschädigen.

»Hier herein, denke ich.«

Der Raum war einfach zu schön für die beiden. Ihre Armut, nie zugegeben, kaum zuvor bemerkt, wurde ihnen plötzlich bewußt, bedeckte ihre Hände mit unvermeidlichem Schmutz. Sie schauten an den Samtvorhängen vorbei, vorbei an dem Frisiertisch mit der von einem Leuchtring umgebenen Glasplatte, vorbei an der halboffenen Tür zum Bad mit den handbemalten Fischkacheln und sahen schließlich auf ihre Füße.

»Könnten Sie es bitte auf eines der Betten legen.«

Sie ließen ihr Paket auf die näherliegende der beiden cremeweißen Steppdecken gleiten, mieden dabei das Bett am Fenster, wo die zurückgeschlagene Decke ein zitronenfarbenes Spitzennachthemd zwischen volantbesetztem Kissen und Decke enthüllte.

»Vielen Dank. Hier ist es wenigstens aus dem Weg.«

Sie machte sich nicht mal die Mühe, die Seide glattzustreichen, wo eine Ecke des Pakets sie zerknautscht hatte, sondern setzte rasch ihren Namen unter die Empfangsquittung und scheuchte die Männer aus dem Haus. Als sie fort waren, machte sie die Tür zu und seufzte tief. Patrick konnte jeden Moment nach Hause kommen, und sie hatte eigentlich die paar Minuten dazu benutzen wollen, noch einmal alles zu überprüfen und sich zu vergewissern, daß sie gut aussah.

Sie ging in das Schlafzimmer mit dem Balkon davor und schaute in den Spiegel. Alles in Ordnung, genau wie Patrick sie gern haben wollte, wie er sie einmal gern gehabt hatte ... Die Sonne – sie verbrachte die meiste Zeit des Tages in der Sonne – hatte für ihren von Natur aus dunklen Teint Wunder gewirkt und dem dunkelhonigfarbenen Haar eine sanfte Aufhellung verliehen. Kein Make-up. Lippenstift hätte das Image verdorben, das sie gerne kreierte, die Reproduktion einer glatten, teakfarbenen Maske mit gerader Nase, fein ziselierten Lippen und Wangen wie geschwungene, polierte Ebenen.

Ihr Haar hing fast gerade auf die braungebrannten Schultern. Nicht einmal für ihn ließ sie es schneiden oder legen. Das Kleid – das stimmte auf jeden Fall. Patrick haßte grelle Farben, und dies hier war schwarzweiß. So schlicht es auch geschnitten war, wußte sie doch, daß es vielleicht etwas zu lässig fiel, daß es zu sehr den Eindruck einer Uniform für Emanzipierte erwecken konnte. O Gott, dachte sie und warf ihrer eigenen Erscheinung eine Grimasse zu. Dabei wünschte sie zum erstenmal in ihrem Leben, sie könne sich in einen energischen blonden Hausfrauentyp verwandeln.

Unten war der Tisch schon zum Abendessen gedeckt: zwei Sets aus blauem Leinen – er hatte dafür gesorgt, daß sie die großen Damasttücher in der Schublade ließ –, schwarze Prinknash-Teller, ein langer Korb mit französischem Brot, Riesling. Tamsin sog scharf die Luft ein, als sie sah, daß sie vergessen hatte, die Gräser in der Vase wegzuwerfen. Sie griff danach und lief in die Küche, wobei sie eine Spur vertrockneter Grasteile hinter sich ließ. Der Hund, hatte sie den Hund gefüttert?

»Queenie!«

Wie oft hatte er sie in den vergangenen fünf Monaten beschimpft, wenn sie vergessen hatte, den Hund um Punkt fünf zu füttern? Wie oft hatte er ihr ungeduldig seine Mißbilligung zu verstehen gegeben, daß sie ihre Zeit damit vergeude, tagträumend im Garten zu liegen, in den Feldern herumzustreifen und sich von Crispin Marvell etwas übers Landleben beibringen zu lassen, statt zu Hause zu bleiben und es den Gages oder den Gavestons gleichzutun.

Aber sie mußte daran gedacht und es dann in ihrer Panik wieder vergessen haben. Die Schale mit dem Pferdefleisch und Trockenfutter stand unberührt auf dem Fußboden. Fliegen surrten darüber hinweg, und eine Wespe krabbelte auf einem Fettklumpen herum.

»Queenie!«

Die Hündin erschien geräuschlos vom Garten her, schnüffelte an dem Fressen und schaute fragend mit trauervollen Augen zu Tamsin auf. Sie ist das einzige, was wir noch gemeinsam haben, dachte Tamsin, das einzige, was wir beide lieben, unsere Kreuznacht-Königin, wie wir sie beide nennen. Sie fiel auf die Knie und warf in ihrer Einsamkeit die Arme um Queenies Hals, fühlte das samtweiche Fell gegen ihre Wange. Queenies Schwanz bewegte sich sacht, und sie bohrte ihre Schnauze in Tamsins Ohr.

Von den beiden weiblichen Wesen, die so darauf aus waren, Patrick Selby zu gefallen, hörte die Hündin ihn als erste. In ganz erwartungsvoller, erstarrter Aufmerksamkeit wurde aus den lethargischen Schwanzbewegungen ein aufgeregtes Wedeln, wobei sie gegen die Herdklappe schlug, daß es wie ein Gong tönte.

»Herrchen«, sagte Tamsin. »Such!«

Der Weimaraner reckte den schlanken Körper, hielt den Kopf schief und stand einen Augenblick in der Haltung seiner Vorfahren, der Vorstehhunde, wenn sie in den Wäldern Thüringens auf das Kommando des Jägers warteten. Die schwere Garagentür rumpelte und fiel mit einem fernen Peng zu. Queenie war schon losgesaust, quer über den Hof zur Eisenpforte, die die Auffahrt abtrennte.

Tamsin folgte ihr mit klopfendem Herzen.

Er kam langsam heran, sah sie nicht an, schwieg, die Aufmerksamkeit völlig auf den Hund gerichtet. Als er Queenie gestreichelt hatte, wobei seine Hände ihren ganzen Körper liebkosten, schaute er hoch und sah seine Frau.

Tamsin hatte so viel zu sagen, so viele Koseworte aus der Zeit, als es nicht nötig gewesen war, etwas zu sagen. Aber keine Silbe kam über ihre Lippen. Sie stand nur da, schaute ihn an und knetete den schwarz-weißen Stoff ihres Kleides zwischen den Fingern. Patrick schwenkte den Zündschlüssel und drängte an ihr vorbei, schlug nach einer Wespe, die ihm vor dem Gesicht herumsurrte, und ging ins Haus.

»Sie hat nicht gefressen«, waren die ersten Worte, die er an Tamsin richtete. Er haßte Schmutz, Unordnung, Falschplaciertes. »Es ist ganz voller Fliegen.«

Tamsin nahm die Hundeschüssel hoch und schüttete den Inhalt in den Mülleimer. Fleischsaft lief ihr über die Finger. Patrick schaute kurz auf ihre Hand, wandte sich ab und ging die Treppe hinauf. Sie ließ Wasser laufen und spülte sich die Hand ab. Es schien ihr eine Ewigkeit her zu sein, seit er gegangen war – der Wein – hoffentlich wurde er nicht zu warm. Sollte sie ihn lieber zurück in den Kühlschrank stellen? Sie wartete, Schweißtropfen rannen in ihr Kleid. Schließlich stellte sie den Ventilator an.

Endlich kam er, in einem fahlgestreiften T-Shirt und sommerlicher Freizeithose. Er sah gut aus, wenn man für Männer mit aschblondem Haar und Sommersprossen schwärmt.

»Du magst doch Melone«, sagte sie. »Es ist Kantelupe.«

Mißtrauisch kratzte Patrick den feuchten goldbraunen Zucker beiseite.

»Das ist doch nicht etwa Honig? Du weißt, ich hasse Honig.«

»Natürlich nicht«, sie hielt zaghaft inne. »Liebling«, fügte sie hinzu.

Schweigend aß er sich durch Geflügelsalat, Kartoffelsticks und Obstsalat – lauter gute, hygienische Sachen aus Dosen, Paketen und Tiefkühltruhen –, er aß mäßig und geistesabwesend. Der Ventilator summte, Queenie lag darunter, die Pfoten ausgestreckt, mit heraushängender Zunge.

»Ich habe alles für die Party besorgt«, sagte Tamsin.

»Party?«

»Ja, morgen. Mein Geburtstag. Das hattest du doch nicht vergessen, oder?«

»Nein, ich habe nur im Moment nicht daran gedacht, das ist alles.«

Hatte er vielleicht auch nicht daran gedacht, ihr ein Geschenk zu besorgen?

»Es gibt noch jede Menge Arbeit«, meinte sie lebhaft. »Die Lichter müßten noch aufgehängt werden, und dann sollten wir die Möbel im –« jetzt kam es mehr denn je darauf an, das richtige Wort zu finden – »im Salon ein bißchen umstellen, falls es regnet. Und – oh,

Patrick, könntest du etwas gegen die Wespen unternehmen? Ich glaube, wir haben irgendwo ein Nest.« Etwas verspätet fiel es ihr ein, und sie griff nach seiner Hand. Wie leblos lagen seine Finger auf den ihren, am Daumenansatz sah man die rote Erhebung. »Zu scheußlich für dich. Wie ging es heute?«

»Der Stich? Die Schwellung geht zurück, danke.«

»Könntest du versuchen, sie loszuwerden? Sie werden uns die ganze Party verderben.«

Er schob den Teller und das Weinglas zurück.

»Jetzt nicht. Ich gehe weg.«

Sie hatte angefangen zu zittern, und als sie sprach, bebte ihre Stimme.

»Es gibt so viel zu tun. Bitte, geh nicht weg, Liebster. Ich brauche dich.«

Patrick lachte. Sie sah ihn nicht an, saß nur da, starrte auf ihren Teller und rührte mit dem Löffel in dem klebrigen Saft herum.

»Ich gehe. Der Hund muß raus, oder?«

»Ich könnte ja mit Queenie gehen.«

»Vielen Dank«, entgegnete er eisig. »Das schaffe ich schon.« Er fuhr leicht über die Jalousien und sah sich die Staubspuren auf seinen Fingerspitzen an. »Wenn du dich langweilst, dann gibt es hier noch einiges, womit du dich beschäftigen könntest.«

»Patrick.« Sie war blaß geworden und hatte plötzlich eine Gänsehaut auf den Armen. »Was du gestern abend gesagt hast – du mußt deine Meinung ändern. Vergiß es.« Mit großer Anstrengung brachte sie die drei Worte über ihre erstarrten Lippen. »Ich liebe dich.«

Es war, als hätte sie gar nichts gesagt. Er ging in die Küche und nahm die Hundeleine aus dem Besenschrank.

»Queenie!«

Aus tiefem Schlaf fuhr der Weimaraner wie elektrisiert in aufgeregte Lebendigkeit. Patrick machte die Leine am Halsband fest und ging mit dem Tier hinaus.

Tamsin saß zwischen den Resten ihres Essens. Schließlich begann sie leise zu weinen, Tränen fielen in das Weinglas, das sie mit beiden Händen umfaßt hielt. Ihr Mund war wie ausgedörrt, und sie trank einen Schluck. Ich trinke meine eigenen Sorgen, dachte sie. Fünf Minuten verstrichen, zehn. Dann ging sie aus dem Haus in die Weidenallee. Der Himmel war klar, azurblau. Der Horizont schimmerte violett und aprikosenfarben. Schwalben segelten kreuz und quer darüber hin.

Am Ende der Auffahrt blieb sie stehen und lehnte sich gegen das Tor. Patrick war noch nicht weit gegangen. Sie sah ihn am Teich stehen und ins Wasser schauen. Die Hündin hatte mal wieder erfolglos versucht, die drei weißen Schwäne aus der Ruhe zu bringen. Jetzt gab sie es auf und folgte der Spur eines Eichhörnchens, wobei sie am Fuße jeden Baumes stehenblieb und erwartungsvoll nach oben blickte. Patrick wartete auf etwas, schlug die Zeit tot. Worauf wartete er?

Während sie ihn beobachtete, kam hinter den Ulmen ein blaßgrüner Ford ins Blickfeld. Dieser komische kleine Vertretertyp aus den Chalets auf seinem Weg zur Abendschule, dachte sie. Sie hoffe, er würde mit einem Gruß vorbeifahren, aber das tat er nicht. Er hielt an. Es gab nur wenige Männer, die an Tamsin vorbeifuhren.

»Warm genug für Sie?«

»Ich finde es schön«, sagte Tamsin. Wie hieß er bloß noch? Sie kannte nur einen der Chaletbewohner beim Namen. »Ich liebe die Sonne.«

»Sie bekommt Ihrem Gesicht gut, das sehe ich.«

Offensichtlich kam sie nicht um eine Konversation herum. Sie öffnete die Pforte und ging zu dem Wagen hinüber. Er mißverstand sie und hielt ihr die Tür auf.

»Kann ich Sie mitnehmen? Ich fahre ins Dorf.«

»Nein. Nein, danke.« Tamsin hätte beinahe gelacht. »Ich will nicht weggehen, ich genieße nur den schönen Abend.«

Er sah enttäuscht aus.

»Tatsächlich«, sagte er langsam. Ein offensichtlicher Versuch, sie so lange aufzuhalten, bis die Nachbarn ihn mit der schönen Mrs. Selby hatten sprechen sehen. »Tatsächlich schwänze ich im Moment meine Pflichten. Ich sollte eigentlich unliebsame Gäste beseitigen.«

»Unliebsame Gäste?«

»Wespen. Wir haben ein Nest.«

»Ach? Wir auch.« Sie sah auf. Patrick stand noch immer an derselben Stelle. »Mein Mann – wir würden sie gern loswerden, wissen aber nicht, wie.«

»Ich habe da etwas. Es heißt Vesprid. Wissen Sie was, ich mache Ihnen einen Vorschlag. Wenn ich meine erfolgreich vernichtet habe, dann bringe ich Ihnen die Dose rüber. Die Menge reicht, glaube ich, aus, um sämtliche Wespen in ganz Nottinghamshire umzubringen.«

»Das ist aber nett.«

»Ich bringe es morgen vormittag rüber, ja?«

Tamsin seufzte. Jetzt hatte sie sich diesen unglückseligen Kerl aufgeladen, während sie ihre Party vorbereiten mußte.

»Warum kommen Sie nicht zu einem kleinen Umtrunk morgen abend vorbei? Ich habe ein paar Freunde eingeladen, so gegen acht.« Er sah sie bewundernd an, und seine Augen erinnerten sie an Queenies. »Wenn Sie etwas eher dasein könnten, erledigen wir die Wespen dann. Bringen Sie ruhig einen Freund mit, wenn Sie Lust haben.«

Eine Party in Hallows! Eine Party im größten Haus von Linchester! Mit seiner traurigsten Witwerstimme sagte er: »Seit dem Tod meiner Frau bin ich nicht mehr auf einer Party gewesen.«

»Tatsächlich?« Irgendwo klingelte es bei ihr. Seine Frau ist tot, hatte Patrick erzählt. Und deshalb... Was hatte sie bloß getan? »Entschuldigen Sie, aber ich glaube, wir haben uns noch gar nicht vorgestellt.«

»Carnaby. Edward Carnaby.«

Er sah sie lächelnd an. Sie nahm die Hand von der Autotür und preßte sie gegen ihre Brust, dabei keuchte sie wie jemand, der gerade einen Berg hinaufgelaufen ist.

»Sieh mal an, Tamsin Selby im Gespräch mit einem Mann«, dachte Joan, als sie mit Cheryl an der Hand aus der Gartentür trat.

»Wink deinem Daddy.«

Doch das Kind interessierte sich mehr für den Mann mit dem Hund am Green. Joan folgte ihr und sagte sich, daß sie sowieso dort hatte entlanggehen wollen.

Patrick hatte noch nie zu den Menschen gehört, die Höflichkeiten übers Wetter oder anderer Leute Gesundheit austauschen. Sein Blick, bisher mit einer Art berechnendem Abscheu auf Edward Carnaby gerichtet, schwenkte auf Joan. Dabei registrierte er jede Einzelheit ihrer Erscheinung; von dem schlaff herunterhängenden Baumwollkleid über die sonnenverbrannten Arme bis hin zu dem dunklen Haaransatz, wo die Farbe herauswuchs.

»Ist es nicht heiß?« Sie fühlte sich unwohl in seiner Gegenwart und mehr noch, als ihr klar wurde, wie idiotisch ihre Bemerkung war. Es war gar nicht mehr heiß. Eine Brise wehte übers Wasser und ließ das Spiegelbild des Abendhimmels wellig erscheinen.

»Ich weiß nicht, warum die Engländer so einen Kult daraus machen, sich ständig übers Wetter zu beschweren«, sagte er. Dabei wirkte er sehr teutonisch, und ihr fiel ein, daß jemand erzählt hatte, er habe seine Jugend in Deutschland und Amerika verbracht. Sie lachte verlegen und griff nach Cheryls Hand. Er hatte seinen Widerwillen, sich mit ihr zu unterhalten, so deutlich zu erkennen gegeben, daß sie zusammenzuckte und errötete, als er sie zurückrief.

»Wie gehen die Geschäfte?«

»Geschäfte?« Natürlich meinte er Denholms Geschäfte, die Fabrik. »Gut, nehme ich an.« Und dann, weil schon die ganze Zeit seit dem Tee sich so eine vage, unterbewußte Sorge in ihren Gedanken breitgemacht hatte, fügte sie hinzu: »Den meint, in der letzten Zeit sei es etwas lasch gewesen.«

»Nun, wir können nicht alle die dicken Verträge einheimsen.« Er berührte den Stamm der großen Eiche und sah mit einem winzigen Lächeln nach oben in die Krone. »Die wachsen nicht auf den Bäumen. Das ist eine Sache von Arbeit, meine liebe Joan, Arbeit und Zielstrebigkeit. Denholm sollte sich in acht nehmen, oder ich werde ihn demnächst einkassieren.«

Sie antwortete nicht. Boshaftigkeit saß in seinen Mundwinkeln. Sie schaute weg auf den Hund. Dann merkte sie, daß auch er das Tier ansah.

»Expansion ist Leben«, meinte er. »Gebt mir ein paar Monate, und ich bringe die Sache ins Rollen.«

Mit einem kleinen Schaudern trat sie zurück. Die plötzliche Kälte schien nicht von dem stärker wehenden Wind, sondern von dem Mann selbst auszugehen.

»Wir sind spät dran, Cheryl. Du solltest schon längst im Bett sein.«

»Sie kann mit mir kommen«, sagte Patrick, und dieses merkwürdige Lächeln breitete sich auf seinem Gesicht aus. »Ich gehe sowieso in die Richtung.«

Der grüne Ford war inzwischen weitergefahren, aber Tamsin stand noch immer am Tor und schaute herüber. Als der Mann und das Kind in Richtung auf die Chalets davongingen, hatte Joan plötzlich die Idee, zu Tamsin hinüberzugehen und von ihr die Erklärung zu verlangen, die Patrick ihr, wie sie wußte, niemals geben würde. Doch sie sah Tamsin an, daß sie nicht in der Stimmung war, sich zu unterhalten. Etwas oder jemand hatte sie durcheinandergebracht, und sie war schon auf dem Weg zurück, die weidenbestandene Auffahrt hinauf. Kopf gesenkt, Hände unter dem Kinn zusammengekrampft. Joan ging nach Hause und brachte ihre Kinder ins Bett. Als sie herunterkam, war Denholm eingeschlafen. Er sah so sehr wie Jeremy aus mit den leichtgeschlossenen Lidern und den glatten rosa Wangen gegen das hochgestellte Sofakissen, daß sie es nicht übers Herz brachte, ihn zu wecken.

Den ganzen Weg bis hin zu der ehemaligen Einfahrt zum Herrenhaus drehte Edward Carnaby sich immer wieder um und winkte. Tamsin starrte ihm nach, unfähig, sein Lächeln zu erwidern. Ihre Knie gaben nach, und sie hatte Angst, ohnmächtig zu werden. Als sie am Haus angekommen war, hörte sie Queenie bellen, ein Stakkato-Bellen, gefolgt von einem Heulen. Das Heulen hielt noch ein paar Sekunden an, dann hörte es auf, und Stille kehrte ein. Tamsin wußte, was das bedeutete. Patrick hatte die Hündin angebunden, um in ein Haus zu gehen.

Sie lief nach oben ins Balkonzimmer. In die dünne Staubschicht auf dem Frisiertisch hatte sein gestrenger Finger ›Staubwischen‹ geschrieben. Sie ließ sich aufs Bett fallen und blieb, Gesicht nach unten gewandt, liegen.

Eine halbe Stunde verharrte sie so, dann hörte sie Schritte, und zuerst dachte sie, es sei Patrick. Aber wer auch immer es war, er war allein. Kein Tapsen von Hundepfoten auf den Steinen. O Gott, dachte sie. Ich muß es ihm sagen. Sonst tut es Patrick vor allen bei der Party.

Die Türen waren unverschlossen. Er konnte hereinkommen, aber er tat es nicht. Er klopfte das vereinbarte Zeichen. Was würde er tun, wenn er alles wußte? Es gab immer noch eine Chance, Patrick zu überreden. Sie hielt sich die Ohren zu und wünschte, er würde gehen. Er klopfte wieder, und sie dachte, er müsse durch Glas, Holz, Stein und dicke Teppiche ihr Herz pochen hören.

Schließlich ging er.

»Verdammt!« hörte sie ihn unten vor sich hinmurmeln. Es klang, als schaue er dabei durch die Fenster des Wohnraumes. Dann entfernten sich die Schritte und verhallten auf dem Fußweg zur Straße nach Nottingham. Das Tor schloß nicht und schlug gegen den Pfosten, dong, dong, dong. Tamsin ging in das Zimmer, in dem die Männer das Paket abgestellt hatten. Beim Aufknoten brach sie sich die Fingernägel ab, doch sie schluchzte so heftig, daß sie es gar nicht bemerkte.

3

Es gibt wohl kaum etwas in einer *amour propre,* das ärgerlicher wäre als Versteckspiel und Heimlichkeiten, wo solche Diskretion gar nicht nötig ist.

Oliver Gage war ein stolzer Mann, und jetzt, wo er hier im Garten von Hallows herumschlich und Signale an Glastüren klopfte, kam er sich wie ein Hanswurst vor.

»Verdammt«, sagte er – diesmal leise.

Offensichtlich war sie mit *ihm* weggegangen. Man hatte Druck auf sie ausgeübt. Nun, um so besser, wenn das hieß, daß sie den Weg geebnet hatte. Er würde bei der Party seine Absichten klarmachen.

Er ging hinaus auf den Circle und machte sich auf den etwas demütigenden Rückweg zu seinem Wagen, den er in einer Seitenstraße geparkt hatte. Als er zum zweitenmal an diesem Abend nach Linchester kam, fuhr er durch die offizielle Einfahrt und direkt in seine eigene Garage. Dabei überkam ihn dieses Gefühl verstimmter Rechtschaffenheit und Scham, das ihn jedesmal befiel, wenn er nach seinen vier Tagen in London am Freitagabend nach Hause zurückkehrte. Oliver wohnte in einem der größten Häuser von Linchester, aber es war ihm zu klein. Immer, wenn er es zum Wochenende wiedersah, erinnerte es ihn an sein Mißgeschick. Denn je älter Oliver wurde, desto kleiner wurden seine Häuser. Das hatte nichts mit einer Verschlechterung seiner finanziellen Situation zu tun. Als Geschäftsführer einer nationalen Tageszeitung hatte sein Einkommen inzwischen die Grenze von siebentausend längst überschritten, aber nur ungefähr ein Drittel davon landete auch tatsächlich in seiner Tasche. Der Rest, den er nie zu Gesicht bekam und doch nie vergessen konnte, floß via eine Armee von Anwälten, Bankmanagern und Buchhaltern in den Rachen seiner beiden Ex-Frauen.

Als er Nancy – hübsche, witzige Nancy! – geheiratet und dies hier gebaut hatte, das kleinste seiner bisherigen Wohnhäuser, hatte er ein paar Monate lang die anderen Belastungen vergessen. War nicht die Liebe wie Herkules, der im Garten der Hesperiden Bäume erkletterte? Jetzt, ein Jahr später, überlegte er, daß die Götter wohl gerecht waren, indem sie aus seinen angenehmen Lastern Instrumente machten, die ihn plagten.

Er schloß die Tür auf und legte seinen Schlüssel auf den Tisch im Flur zwischen die Flamencopuppe und die Kirschlikörflasche, die Nancy unter Zuhilfenahme eines über und über mit Hotelaufklebern bedeckten Schirms in eine Lampe verwandelt hatte. Niemals im Laufe seiner bisherigen Ehekarriere hatte Oliver solch ein Objekt in seinem Haus geduldet. Er haßte es, aber indem er sich versicherte, daß sein erster Blick beim Nachhausekommen darauf fiel, festigte sich die Vorstellung, daß das Schicksal ihm eine exquisite Gerechtigkeit zukommen ließ.

Aus dem Wohnzimmer hörte er das entfernte Summen von Nancys Nähmaschine. Das verdrießliche Jammern des Motors steigerte seine schlechte Laune in Wut. Er stieß die Glastür auf und ging hinein. Der Raum war stickig, alle Fenster hermetisch verschlossen. Die Vorhänge waren in einer Art und Weise zurückgezogen, die er verabscheute, sorglos und unordentlich, ohne auf die gleichmäßige Anordnung der Falten zu achten. Diese Vorhänge hatten ihn 30 Pfund gekostet.

Seine Frau – sich selbst und einer anderen Person gegenüber sprach Oliver gelegentlich von seiner derzeitigen Frau – nahm den Fuß vom Pedal, das den Motor kontrollierte, und strich sich feuchte Haarsträhnen aus dem Gesicht, das schweißig glänzte. Baumwollfäden und Stoffstückchen hingen an ihrem Kleid und bedeckten den Fußboden. Sogar von ihrem Armband baumelte ein Stoffetzen herunter.

»Meine Güte, das ist hier ja eine Hitze wie im Backofen!« Oliver riß das Fenster auf und warf einen finsteren Blick auf Bernice Greenleaf. die erfrischend lässig in ihrem Garten nebenan herumging und die verwelkten Blüten einer üppigen Zephirine Drouhin abschnipste. Als sie herüberwinkte, tauschte er das finstere Gesicht gegen ein unbeweglich grinsendes aus. »Was, um Himmels willen, machst du hier?« fragte er seine Frau.

Sie zog einen zusammengesteppten Streifen schwarzroter Seide unter der Nadel hervor. »Ich nähe mir ein Kleid für Tamsins Party.«

Oliver setzte sich fassungslos, wobei er mit dem Fuß in einer der Numdah-Brücken hängenblieb. »Wenn wir uns für Parkett und Brücken entscheiden«, hatte Nancy gesagt, »dann sparen wir viel Geld für Teppichböden.«

»Das verstehe ich wirklich nicht«, sagte Oliver. »Habe ich dir am letzten Dienstag einen Scheck über 20 Pfund mit der ausdrücklichen Anweisung, dir ein Kleid zu kaufen, gegeben oder nicht?«

»Nun ja ...«

»Ja oder nein? Mehr will ich nicht wissen. Eine ganz einfache Frage.«

Nancys keckes Babygesicht verzog sich. Ein wuscheliges Gesicht hatte er es einmal zärtlich-liebevoll genannt und dabei mit neckenden Fingerspitzen die Stupsnase, die runden Wangen und die flaumigen Augenbrauen nachgefahren.

»Weißt du, Schatz, ich mußte doch auch Schuhe haben und Strümpfe. Dann war da noch die Milchrechnung...« Ihre Stimme schwankte. »Ich sah diesen Stoffrest und das Muster ...« Sie hielt ihm ein Bild hin. Oliver starrte düster auf die farbige Abbildung dreier unglaublich großer Frauen in zylindrischen Gewändern. »Das wird doch gehen, oder?«

»Es wird ziemlich scheußlich«, sagte Oliver kalt. »Ich werde vor Scham in den Boden versinken. Demütigend, wo Tamsin immer so wundervoll aussieht.«

Sobald die Worte heraus waren, tat es ihm leid. Jetzt war wirklich nicht der Zeitpunkt. Nancy würde gleich anfangen zu weinen. Ihr Gesicht schwoll an, als reagiere ihre Haut allergisch auf seinen Ärger.

»Tamsin hat ein privates Einkommen.« Tränen schossen ihr in die Augen. »Ich wollte dir nur Geld sparen. Ich denke überhaupt an nichts anderes, als wie wir sparen können.«

»Oh, bitte weine nicht! Es tut mir leid, Nancy.« Sie fiel förmlich von ihrem Stuhl in seinen Schoß, und er legte widerwillig seine Arme um sie, mit dem Widerwillen, der Teil seiner ehelichen Erfahrungen war, dem Widerwillen, der immer kam, wenn die Liebe nachließ. Alles an ihr war feucht und klebrig und unerträglich heiß.

»Ich möchte wirklich sparen, Schatz. Immer muß ich an all das schöne Geld denken, das Monat für Monat an Jean und Shirley geht. Und dann noch die beiden Jungen in Bembridge ...« Oliver runzelte die Stirn. Er wurde nicht gern daran erinnert, daß er es sich nicht leisten konnte, seine beiden Söhne aus erster Ehe nach Marlborough zu schicken. »Und Shirley, die immer so geldgierig ist und darauf besteht, Jennifer auf eine Privatschule zu schicken, wo die staatlichen Schulen heutzutage so gut sind.«

»Du hast doch überhaupt keine Ahnung von staatlichen Schulen«, sagte Oliver.

»Ach, mein Liebster, warum mußtest du so unattraktive Frauen heiraten? Jede andere Frau wäre längst wieder verheiratet. Zwei solch verheerende ... gut, tragische Ehen. Ich liege nachts wach und kann an nichts anderes denken als an die übermäßige Belastung unseres Einkommens.«

Damit war sie auf einem altvertrauten Pfad angelangt: das Freitagabend-Spezialthema. Oliver ließ sie reden und nahm sich eine Zigarette aus dem Kästchen auf dem Kaminsims.

»Und ich habe nicht mal etwas besonders Aufregendes für dich zum Abendessen«, schloß sie mit fast triumphierendem Unterton.

»Dann gehen wir eben aus.«

»Du weißt, daß wir uns das nicht leisten können. Außerdem muß ich dieses entsetzliche Kleid fertig machen.« Sie rappelte sich aus seinem Schoß hoch und ging zu ihrer Nähmaschine.

»Das«, sagte Oliver, »ist das Ende.« Nancy war schon längst damit beschäftigt, einen riesigen Ärmel in ein winziges Armloch zu heften, und beachtete ihn kaum. Sie konnte nicht wissen, daß Oliver mit eben diesen Worten jede seiner bisherigen Ehen beendet hatte. Auch für ihn klangen sie schrecklich nach dem bloßen Echo eines glücklichen Abschlusses. Mußte Nancy sein bleiben, bis daß der Tod sie schied? Fester als jeder gläubige

Katholik, als jeder puritanische Idealist hatte er sich bis vor kurzem an seine Frau gebunden gefühlt. Herkules hatte seinen letzten Baum erklommen. Außer – außer es würde alles glattgehen und er konnte eine Frau mit eigenem Kapital ergattern, eine schöne, begüterte Frau ...

Er ging über die Brücken, diese kleinen und wenig luxuriösen Oasen in der großen Wüste polierten Parkettfußbodens, und goß sich einen sorgsam abgemessenen Drink ein. Dann setzte er sich wieder und schaute nachdenklich auf ihrer beider Spiegelbild im Glas der gegenüberliegenden Wand. Nancys Bemerkung über die Unattraktivität seiner Verflossenen schien seine eigene, persönliche Erscheinung zu verunglimpfen. Aber jetzt, wo er sich so ansah, merkte er, wie ungerecht sie war. Jeder Fremde, der in diesem Moment hereinkam, dachte er bitter, würde Nancy für seine Haushälterin halten, die sich mit Nähen etwas dazuverdiente, so wie sie dasaß, das Haar in grobe Strähnen zerteilt, das Gesicht glänzend vor Hitze und Anstrengung ... Aber er mit seinem glatten, dunklen Kopf, den scharfgeschnittenen, doch sensiblen Zügen, den feingliedrigen Händen, die das blutrote Glas hielten ... Die Wahrheit war, daß er in diese provinzielle Umgebung einfach nicht hineinpaßte.

Nancy stand auf, schüttelte ihr Haar und begann, sich das Kleiderfragment über den Kopf zu ziehen. Sie probierte das schlappe, halbfertige Ding schlicht an, aber Oliver war nicht entgangen, daß sie ihn mit ihren langsamen, koketten Bewegungen durchaus in Versuchung führen wollte.

»Wenn du unbedingt im Wohnzimmer strippen willst, dann könntest du wenigstens die Vorhänge zuziehen«, sagte er.

Er erhob sich und betätigte den Zugmechanismus, der die Vorhänge schloß; erst an den Verandatüren, dann an den hohen Schiebefenstern, die nach vornhinaus gingen. Die seidenen Falten trafen sich, aber erst, als er durch einen kleinen Spalt den großen blonden Mann hatte vorbeigehen sehen, dessen eine Hand auf dem Kopf seines Hundes ruhte und der jetzt zu seiner schönen, begüterten Frau nach Hause ging ... Mit diesem Blick überkam ihn plötzlich der leidenschaftliche Wunsch, daß nur ein einziges Mal alles glattgehen und sich zu Oliver Gages Vorteil entwickeln möge. Einen Augenblick stand er nachdenklich und voller Zukunftspläne da, merkte dann, daß er keine Lust hatte, hier im Dunkeln mit seiner Frau in einem Raum zu sein, und streckte rasch die Hand nach dem Lichtschalter aus.

Draußen wie drinnen war es dunkel, als Denholm aufwachte. Er blinzelte, strich sich mit den Händen übers Gesicht und reckte sich.

»Also gut«, sagte er zu seiner Frau. »Da bin ich wieder, zurück in der Mühle.«

Sie hatte die ganze Geschichte eigentlich bis zum nächsten Morgen aufschieben wollen, aber die Stunden, die sie inzwischen schweigend neben dem Schlafenden gesessen hatte, hatten an ihren Nerven gezerrt. Sein Gesichtsausdruck wurde ungläubig, als sie ihm von dem Zusammentreffen am Teich erzählte.

»Er wollte dich auf den Arm nehmen«, sagte er.

»Nein, Den, das wollte er nicht. Ich hätte ihm allerdings nicht geglaubt, wenn ich nicht gemerkt hätte, daß du dir in letzter Zeit Sorgen machst. Das stimmt doch, oder? Du hast dir Sorgen gemacht?«

»Na ja, wenn du es unbedingt wissen willst, die Situation war in letzter Zeit etwas kriselig.« Sie hörte, wie der scherzende Tonfall aus seiner Stimme verschwand. »Jemand hat eine hohe Beteiligung an der Firma erworben.« Nur wenn er über Geschäfte redete, konnte Denholm seine Komikerrolle ablegen und Mann sein anstatt Clown. »Es ist alles durch einen Anwalt abgewickelt worden, und wir wissen nicht, wer der Begünstigte ist.«

»Aber Den«, rief sie, »das muß Patrick sein!«

»Ich kann mir nicht vorstellen, daß er an uns interessiert ist. Die Selbys sind im Glasgeschäft, haben ausschließlich mit Glas zu tun, wir mit Chemie.«

»Aber ich kann es mir vorstellen. Ich sage dir, er steckt dahinter. Er hat diesen Vertrag, und er hat vor zu expandieren, euch einzukassieren. Er hat das Sagen, die anderen sind lediglich – wie nennt man das? – stille Teilhaber.«

Sie mußte es aussprechen, mußte diese groteske Angst, die sie den ganzen Abend über belastet hatte, in Worte fassen.

»Weißt du, was ich glaube? Ich glaube, er tut es aus reiner Bosheit, nur weil du mal den Hund geschlagen hast.«

Das saß, doch er zögerte immer noch, spielte den jovialen Mann, den vertrauenswürdigen Versorger der Familie.

»Du bist eine richtige alte Schwarzmalerin, du.« Er griff nach ihren Händen, und seine Finger fühlten sich kalt und ein bißchen zittrig an. »Du verstehst nichts vom Geschäft. So ein Verhalten gibt es unter Geschäftsleuten nicht.«

Wirklich nicht? fragte er sich. Oder vielleicht doch? Seine eigenen Anteile an der Firma hatten sich mit dem Anwachsen seiner Familie gefährlich verringert. Wie weit konnte er der Loyalität dieser Smith-King-Onkel und -Neffen sicher sein? Würden sie verkaufen, wenn die Versuchung groß genug war?

»Mag ja sein, daß ich nichts vom Geschäft verstehe, aber ich verstehe etwas von Menschen«, sagte Joan. »Ich kenne dich, und es geht dir nicht gut, Den. Der Streß ist zuviel für dich. Ich wünschte, du würdest mal zu Dr. Greenleaf gehen.«

»Das werde ich auch«, versprach er. Und während er es sagte, fühlte er wieder den vagen, undefinierbaren Schmerz, der ihm in der letzten Zeit öfter zugesetzt hatte, ein ständiges Mißbefinden. »Ich werde morgen auf der Party mal ein ruhiges Schwätzchen mit ihm halten.«

»Ich möchte am liebsten gar nicht hingehen.«

Denholm wollte hingehen. Auch wenn es kalt war und nicht genug zu trinken gab, auch wenn er tanzen mußte, so würde es doch herrlich sein, mal einen Abend rauszukommen, weg vom Babyfüttern um zehn, von Susan, die immer eine Geschichte erzählt bekommen mußte und von Jeremy, der nie vor elf einschlief.

»Aber wir haben doch einen Babysitter«, sagte er und seufzte, als in diesem Augenblick sein Sohn von oben nach einem Glas Wasser rief.

Joan ging zur Tür. »Du wirst mit Patrick reden müssen. Ach, ich wünschte, wir müßten nicht hingehen.« Sie ging mit einem Glas nach oben und kam mit dem Baby auf dem Arm wieder herunter.

In dem Bemühen, sie etwas zu trösten, meinte Denholm schwach: »Kopf hoch, altes Mädchen! Wird schon werden.«

4

Während seiner Ehe mit Jean und auch mit Shirley war er immer in der Lage gewesen, sich jemanden zum Autowaschen zu leisten. Jetzt mußte er es selbst tun, mußte in der Einfahrt stehen wie irgendein x-beliebiger kleiner Pendler mit 25 Pfund in der Woche und einen Woolworth-Schwamm über dem Kühler seines Wagens auswringen. Ein Wagen, mit dem er sich schämte, in die Tiefgarage seiner Firma zu fahren. Immerhin gab es bei dieser Morgenplanscherei auch etwas Positives. Da er nun mal draußen war, hatte er den Briefträger abfangen und die Post in Empfang nehmen können. Mit feuchter Hand tastete er nach dem Umschlag in seiner Tasche, dem Brief, der gerade von seiner zweiten Frau gekommen war. Nancy mußte ihn nicht unbedingt sehen; das gab ihr nur wieder neuen Grund, ihm etwas vorzujammern. Diese Bittbriefe waren ihm ein ständiger Stachel im Fleisch. Warum mußte seine Tochter Ferien auf Mallorca machen, wenn er sich nur Worthing leisten konnte? Solch eine wunderbare Gelegenheit für das Kind, Oliver, aber natürlich konnte sie, Shirley, weder den Flug noch die passende Urlaubsgarderobe einer Siebenjährigen auf den Balearen bezahlen. 50 oder vielleicht 70 Pfund wären eine große Hilfe. Immerhin war Jennifer ebenso seine Tochter, und sie verblieb mit herzlichen Grüßen Shirley.

Er ließ den Schwamm in den Eimer fallen und beugte sich nach vorn, um die Windschutzscheibe trockenzureiben. Über die Hecke hinweg sah er seinen Nachbarn die Garagentür öffnen, aber obwohl er den Doktor gern hatte, war er heute morgen nicht in der Stimmung für eine Konversation. Groll stieg ihm in die Kehle wie Sodbrennen. Greenleaf trug schon wieder einen neuen Anzug! Und wie man hörte, erwartete der Doktor die Lieferung eines neuen Wagens. Oliver konnte es kaum ertragen, wenn er das, was er des Doktors miesen, kontinentalen medizinischen Titel nannte, mit seinem eigenen, in zwei Fächern mit summa cum laude erworbenen verglich.

»Guten Morgen.«

Greenleafs Wagen stand jetzt neben seinem eigenen, und Oliver war gezwungen, in das braune Vogelgesicht zu schauen. Es war ein sehr unenglisches Gesicht mit dunklen, engstehenden Augen, einem großen, intelligenten Mund und dichtem krausem Haar wie das eines alten Assyrers.

»Oh, hallo«, erwiderte Oliver abweisend. Er richtete sich auf, bemüht, etwas Nachbarschaftliches zu sagen, als Nancy den Weg entlanggelaufen kam. Als sie den Doktor sah, verlangsamte sie ihren Schritt und lächelte gewinnend.

»Unterwegs zu Besuchen? Ärgerlich, wenn man am Samstag arbeiten muß! Ich sage immer zu Oliver, er weiß gar nicht, wie froh er über all seine langen Wochenenden sein kann.«

Oliver hüstelte. Seine früheren Frauen hatten gelernt, seine kleinen Huster als bedeutungsschwangere Zeichen zu erkennen. In Nancys Fall war kaum Zeit gewesen, es ihr beizubringen, und jetzt ...

»Ich hoffe, wir sehen uns heute abend«, sagte der Doktor und fuhr los.

»Oh, ja, heute abend...« Nancys Gesicht hatte wieder den aufgebrachten Ausdruck von vorhin angenommen.

Als Greenleaf außer Hörweite war, wandte sie sich in scharfem Ton an ihren Mann. »Hast du nicht gesagt, du hättest Tamsins Geschenk aufs Sideboard gestellt?«

Oliver hatte einen Riecher für bevorstehende Szenen. Er nahm seinen Eimer und ging aufs Haus zu.

»Das habe ich.«

»*Das* hast du für Tamsin gekauft?« Sie lief hinter ihm her ins Eßzimmer und nahm das Parfumfläschchen mit dem Stöpsel aus geschliffenem Glas in die Hand. »*Nuit de Beltane!* So was Übertriebenes habe ich noch nie gesehen. Das grenzt ja an Verschwendungssucht!«

Die aufgeschlagene Zeitschrift auf dem Tisch sagte Oliver, daß sie sich bereits über den Preis informiert hatte.

»Da!« Ihr ausgestreckter Finger stieß auf das Farbfoto einer identischen Flasche herab. »Siebenunddreißig und sechs!« Sie schlug die Zeitschrift zu und warf sie auf den Fußboden. »Du mußt total verrückt sein.«

»Man kann schließlich nicht mit leeren Händen zu einer Geburtstagsparty gehen«, murmelte Oliver schwächlich. Wenn er nur ganz sicher sein könnte. Vielleicht brauchte er sich dann gar keine Mühe mehr zu geben, Nancy bei Laune zu halten. Er sah zu, wie sie den Stöpsel herauszog, den Duft einsog und einen Tropfen auf ihr Handgelenk tupfte. Während sie die Hand herumschwenkte und wütend schnüffelte, wusch er sich die Hände und schloß die Hintertür.

»Eine Schachtel Pralinen hätte es auch getan«, meinte Nancy. Sie zerrte die Nähmaschine auf ihre Gummiunterlage. »Ich meine, es ist doch irre, siebenunddreißig und sechs für ein Parfum für Tamsin auszugeben, wenn ich nicht mal ein vernünftiges Kleid anzuziehen habe.«

»Oh, mein Gott!«

»Du scheinst, was Geld angeht, überhaupt keinen Sinn für Proportionen zu haben.«

»Dann behalt das Parfum um Himmels willen, und ich kaufe im Dorf eine Schachtel Pralinen.«

Sofort war sie in seinen Armen; Oliver zerknüllte energisch den Brief in seiner Tasche.

»Oh, wirklich, Schatz? Du bist ein Engel. Aber du wirst hier im Dorf nichts Hübsches bekommen. Du mußt schon rüber nach Nottingham.«

Oliver machte sich los und dachte über die ökonomische Einstellung seiner Frau nach. Jetzt mußte er das Benzin nach Nottingham rechnen, mindestens zwölf und sechs für Pralinen, und er hatte trotzdem beinahe zwei Pfund für *Nuit de Beltane* ausgegeben.

Nancy fing an zu nähen. Das Kleid sah inzwischen ganz passabel aus. Zumindest würde sie ihn nicht völlig blamieren damit.

»Kann ich reinkommen?«

Das war Edith Gavestons Stimme. Blitzschnell riß Nancy den Seidenstoff von der Maschine, rollte das Kleid zusammen und stopfte es unter ein Sofakissen.

»Komm rein, Edith.«

»Wie ich sehe, habt ihr unsere ländlichen Bräuche schon angenommen und laßt alle Türen offen.«

Edith sah in ihrem Tweedrock mit der Hemdbluse überhitzt und ungesund aus. Sie ließ sich aufs Sofa fallen und kramte aus den Tiefen ihres Einkaufskorbes ein blumenbesticktes Korbtäschchen hervor.

»So, jetzt brauche ich mal die Meinung von jemand Jungem und modisch Versiertem.« Oliver, der zweiundvierzig war, warf ihr einen grimmigen Blick zu, aber Nancy, noch in den Zwanzigern, lächelte ermunternd. »Dies Täschchen hier, meint ihr, es wäre etwas für Tamsin zum Geburtstag? Es ist noch nie benutzt worden.« Sie hielt verwirrt inne. »Ich meine natürlich, es ist absolut neu. Um es genau zu sagen, ich habe es im letzten Jahr auf Mallorca gekauft. Und jetzt, ganz ehrlich, kann ich es ihr schenken?«

»Nun, sie kann es dir wohl kaum um die Ohren hauen«, sagte Oliver ungezogen. »Nicht vor allen anderen.« Die Erwähnung Mallorcas erinnerte ihn an die Forderungen seiner zweiten Frau. »Entschuldigt mich«, damit ging er hinaus, um seinen Wagen zu holen.

»Es eignet sich bestens«, sprudelte Nancy überschwenglich hervor. »Was sagt denn Linda?«

»Sie fand das Ding spießig«, erwiderte Edith kurz. Der Widerwille ihrer Kinder, den Status zu erreichen, den ihre Eltern sich für sie erträumt hatten, verletzte sie bitter. Linda – Linda, die Heathfield besucht hatte – arbeitete bei Mr. Waller; Roger hatte sein Studium in Oxford nach einem Jahr abgebrochen und sich auf der Landwirtschaftlichen Hochschule angemeldet. Sie war bereit, sie in ihrem Haus zu verköstigen und ihnen Unterkunft zu gewähren, aber vor Freunden zog sie es vor, ihre Existenz zu vergessen.

Mit taktloser Intuition meinte Nancy: »Ich dachte, du wärest nicht so schrecklich gut zu sprechen auf die Selbys. Patrick, meine ich ...«

»Ich habe nichts gegen Tamsin. Ich hoffe, ich bin keine nachtragende Frau.«

»Nein, aber nachdem Patrick – nachdem er Roger so beeinflußt hat, bin ich überrascht, daß du – nun, du weißt schon, was ich meine.«

Nancy wußte nicht recht weiter. Die Gavestons stellten keinen richtigen Landadel mehr dar. Ihr Haus war nicht größer als das der Gages. Aber trotzdem – man mußte Edith nur mal ansehen, um zu wissen, daß ihr Bruder in Chantflower Grange wohnte. Ich schätze, die geht nur zu der Party, um ihren dicken Pott mit Crispin Marvell zu pflegen, dachte sie.

»Patrick Selby hat sich sehr schlecht benommen, sehr ungerecht«, sagte Edith. »Und alles nur aus reiner Bosheit. Er ist völlig zufrieden und erfolgreich in *seinem* Job.«

»Ich habe nie so recht mitbekommen ...«

»Er hatte es auf meine Kinder abgesehen. Ganz bewußt, meine Liebe. Roger fühlte sich außerordentlich wohl in The House.« Nancy schaute verwirrt drein, sie dachte an etwas wie den Palast von Westminster. »Christ Church College, weißt du. Bis Patrick Selby ihn auf einem Spaziergang traf. Du weißt schon, wenn er mit seinem großen deutschen Hund losgeht. Was dabei herauskam, war, daß Roger ihm anvertraute, sein Vater wolle ihn unbedingt im Geschäft haben, er habe aber keine Lust dazu. Er wolle Landwirt werden. Als wenn ein Junge von neunzehn wissen könnte, was er will. Patrick hat ihm dann erzählt, auch er sei ins Geschäftsleben gezwungen worden, wo er doch am liebsten eine Lehrtätigkeit ausgeübt hätte oder irgend so was Absurdes. Dann riet er Roger, seinen – nun ja, seinen Neigungen zu folgen. Egal, was aus uns wird, ohne Rücksicht auf den armen Paul, der niemanden hat, der bei den Gavestons mal die Zügel in die Hand nimmt – ohne Erben und überhaupt.«

Nancy, gierig auf Klatsch, grunzte mitfühlend.

»Und zu allem mußte Roger natürlich noch erwähnen, daß seine Schwester ihren Lebensunterhalt am liebsten selbst verdienen möchte. Hatte sich da irgendeine blöde Geschichte ausgedacht, wir würden sie mehr oder weniger mit Gewalt zu Hause halten. Und als nächstes schlägt dieser unmögliche Mann, der sich in alles einmischen muß, vor, sie sollte doch solange in einem Laden arbeiten, bis sie alt genug sei, um mit einer Krankenschwesternausbildung anfangen zu können. Ich weiß nicht, warum er das getan hat. Es sei denn, er macht es einfach, weil er Menschen gern unglücklich sieht. Paul hatte eine Menge dazu zu sagen, das kannst du mir glauben. Er hatte eine ziemlich heftige Auseinandersetzung mit Patrick.«

»Aber es hat nichts geändert?«

»Heutzutage machen die Jungen doch, was sie wollen.« Sie seufzte tief und fügte niedergeschlagen hinzu: »Aber um noch mal auf heute abend zu kommen, man hat eben Nachbarn, und heute kann man nicht mehr so wählerisch sein und sich seine Umgebung aussuchen.«

»Wer kommt denn noch?«

»Die üblichen Leute. Die Linchester-Meute und natürlich Crispin. Ich finde es bewundernswert, daß er immer dabei ist, wenn man überlegt, wie hart das für ihn sein muß.« Ediths vernünftige, rosagefaßte Brille hüpfte auf ihrer Nase. »In Marvells Vertrag gab es eine Klausel, weißt du. Kein Baum sollte gefällt werden. Jeder hier hat das respektiert, nur Patrick Selby nicht. Ich weiß genau, daß auf seinem Grundstück zwanzig herrliche alte Bäume standen. Er hat sie alle abholzen lassen und diese häßlichen kleinen Weiden gepflanzt.«

Typisch Oliver, dachte Nancy, daß er ausgerechnet jetzt reinkommen und alles verderben mußte.

»Wenn du dein Scheckheft suchst«, sagte sie mit Unschuldsmiene, »es liegt auf dem Plattenspieler. Und wo du gerade in die Stadt fährst, könntest du gleich meine Sandalen mitbringen.«

»Oh, du fährst in die Stadt?« Edith stand wie zufällig auf.

»Ja, ich fahre nach Nottingham.«

»Das ist ja wunderbar, das paßt ja bestens. Du kannst mich mitnehmen.«

Sie griff sich ihren Korb, und die beiden gingen zusammen hinaus.

Zwei Felder weiter und ein Reststück Wald entfernt saß Crispin Marvell in seinem Wohnzimmer, trank Rhabarberwein und schrieb an seiner Geschichte von Chantefleur Abbey. An manchen Tagen fiel es ihm ganz leicht, sich zu konzentrieren. Aber heute war einer jener anderen Tage. Den Morgen hatte er damit verbracht, seine Porzellansammlung abzuwaschen, und seit er die Tassen wieder in die Vitrine zurückgestellt und die Teller an die Wand gehängt hatte, konnte er den Blick nicht von den glänzenden Oberflächen, den warmen, kräftigen Farben wenden. Es war beinahe ärgerlich, wenn er sich überlegte, worum er sich selbst gebracht hatte, indem er diesen Teil des Frühjahrsputzes so lange verschoben hatte.

Einen Moment blieb sein Blick auf den olivenfarbenen Zwillingstellern hängen, einer mit einem Apfel, der andere mit einer Birne, beides in Originalgröße reliefartig herausgearbeitet; dann auf der Chelsea-Uhr mit ihrem winzigen Zifferblatt und den reichverzierten Figürchen eines Sultans und seiner Konkubine. Hinter dieser Uhr hob Marvell seine Korrespondenz auf, und es störte ihn, daß eine Ecke von Henry Glides Brief herausschaute. Er stand auf und schob den Umschlag außer Sichtweite zwischen die Wand und die mit Goldsternchen verzierte Hose des Tscherkessen. Dann tauchte er seinen Federhalter ins Tintenfaß und widmete sich wieder Chantefleur.

»Das ursprüngliche Gebäude hatte Lichtgaden mit Bogenfenstern und gleichartigen Fensteröffnungen in den Seitenschiffnischen. Wenn man sich heute Frankreichs Zisterzienserkloster ansieht, kann man ermessen, wie der Effekt ...«

Er hielt inne und seufzte. Beinahe hätte er sich von seiner eigenen häuslichen Kunst hinwegtragen lassen und geschrieben: ... ›des Lichtes auf dem Apfel‹. Doch das war nicht so wichtig. Morgen regnete es vielleicht. Er hatte bereits zwei Jahre mit der Geschichte von Chantefleur verbracht. Ein paar Monate mehr spielten kaum eine Rolle. Irgendwie spielte an solch einem herrlichen Morgen wie heute nichts eine Rolle. Er warf einen letzten Blick auf den Teller, ließ seine Fingerspitzen über die Rundung des Apfels gleiten – der Künstler hatte die Frucht so naturgetreu dargestellt, daß sogar eine Druckstelle zu ertasten war – hier, an der Unterseite – und ging dann in den Garten hinaus.

Marvell wohnte in einem Altenhäuschen, oder besser gesagt, in vier solchen Häusern, die durch eine Terrasse verbunden und dadurch in einen langgezogenen, niedrigen Bungalow verwandelt worden waren. Die Wände bestanden teils aus weißverputztem Stein, teils aus rosenfarbenen Ziegeln. Das Dach war mit ähnlichen Ziegeln gedeckt, alt und uneben inzwischen, aber von einem Fachmann handgebrannt.

Er spazierte durch den Garten seines Besitzes, der an der Rückseite lag. Dank der Bienen, die er in drei weißgestrichenen Stöcken im Obstgarten hielt, wuchs sein Obst gut; sie waren dieses Jahr nicht geschwärmt, und er drückte sich selbst die Daumen. Der Tag, den er damit verbracht hatte, sorgfältig die Königszellen herauszuschneiden, war das Opfer eines halben Kapitels Chantefleur wert gewesen. Er setzte sich auf die Bank. Jenseits der Hecke, auf den Feldern unterhalb Linchesters, wurde Heu gemacht. Er konnte die Ballenpresse hören – und die Bienen. Sonst war es still.

»Manchen Leuten scheint's ganz gut zu gehen.«

Marvell wandte den Kopf und grinste. Max Greenleaf kam oft zu ihm herauf, wenn er seine morgendliche Besuchsrunde beendet hatte.

»Komm, setz dich.«

»Gut, mal von den Wespen wegzukommen.« Greenleaf warf einen zweifelnden Blick auf die bemooste Bank, dann auf seinen dunklen Anzug. Er setzte sich behutsam.

»In Linchester gab es schon immer viele Wespen«, sagte Marvell. »Ich erinnere mich gut daran. Tausende dieser verdammten Viecher verdarben meiner Mutter regelmäßig jede Gartenparty.« Greenleaf schaute ihn mißtrauisch an. Als österreichischer Jude kam er nicht von der Überzeugung los, der englische Landadel und die Kärntner Aristokratie seien aus ein und demselben Holz geschnitzt. Marvell nannte es einen falsch verstandenen Minderwertigkeitskomplex. »Die Wespen sind konservativ, weißt du«, fuhr er fort. »Sie können sich nicht daran gewöhnen, daß an Stelle des alten Hauses seit fünf Jahren die imposanten Hütten einiger Firmendirektoren stehen. Sie sind immer noch auf der Jagd nach Mutters Brandy. Aber jetzt komm rein und trink was.« Er lächelte Greenleaf zu und meinte mit neckendem Unterton: »Ich habe gerade heute morgen eine Flasche Honigwein aufgemacht.«

»Ein Whisky-Soda wäre mir lieber.«

Greenleaf folgte ihm ins Haus und stieß sich dabei wie immer den Kopf an der Tafel über der Tür. Dort stand: 1722 Andreas Quercus Fecit. Warum Marvell hier so gern lebte, ging über seinen Horizont. Ihm sagten Landleben, Blumen, Gärtnern und Marvells eigene Weinproduktion nichts. Er war hierhergezogen, um in die sich vielversprechend ausdehnende Praxis seines Schwagers einzusteigen. Befragt, weshalb er in Linchester lebte, pflegte er zu sagen, es sei wegen der Luft, oder, er fühle sich verpflichtet, im Umkreis von einigen Meilen seiner Praxis zu wohnen. Moderne Annehmlichkeiten und ein Haus, das sich von innen durch nichts von einem Stadthaus unterschied, verringerten die Abstriche, die er machen mußte, ja machten sie beinahe gegenstandslos. Sich den Nachteilen bewußt auszusetzen, sie sogar in Form von Jauchegrube, Schlammstraße und Ungeziefer in Kauf zu nehmen, wie es sein Gastgeber tat, machte Marvell in Greenleafs Augen zu einem Kuriosum, einem Objekt psychologischer Spekulationen.

All diese Mysterien des Landlebens erinnerten ihn daran, daß eine dunkle Wolke über seinem Morgen hing.

»Ich habe eben einen Patienten verloren«, sagte er. Marvell, der gerade den Whisky eingoß, hörte den österreichischen Akzent durch, ein Zeichen, daß der Doktor verstört war. »Nicht mein Fehler, aber trotzdem ...«

»Was ist passiert?« Marvell zog die Vorhänge zu und schloß das Sonnenlicht bis auf einen schmalen Streifen auf dem eichenen Fußboden und der soliden Wand des Andreas Quercus aus.

»Ein Mann aus der Coffley-Grube. Eine Wespe sitzt auf seinem Sandwich, und er ißt das Ding. Statt gleich was zu unternehmen, geht er zurück zur Arbeit. Als nächstes rufen sie mich, weil der Mann keine Luft kriegt. Erstickt, noch bevor ich da war.«

»Hättest du denn etwas tun können?«

»Wenn ich rechtzeitig zur Stelle gewesen wäre. Durch die Schwellung wird die Kehle zugedrückt.« Er wechselte das Thema. »Du hast gearbeitet? Wie geht es voran?«

»Nicht schlecht. Allerdings habe ich heute vormittag mein Porzellan bearbeitet, und das hat mich abgelenkt.« Er nahm den Apfelteller von der Wand und reichte ihn dem Doktor. »Schön?«

Greenleaf nahm ihn neugierig in seine kurzen, dicken Finger. »Wozu soll so was gut sein? Man kann doch nicht davon essen, oder?« Da sein Sinn für Ästhetik nicht besonders gut ausgeprägt war, beurteilte er alles nach dem praktischen Wert, der Gebrauchsfähigkeit. So gesehen war dieser Teller ziemlich unnütz. Etwas angewidert stellte er sich vor, er müßte seine Lieblingsgerichte davon essen: Heringssalat, eingelegte Salzgurken, Weißkohlsalat mit Kümmel. Die Reste würden sich unter den Apfelblättern festsetzen.

»Sein Zweck ist rein dekorativ«, lachte Marvell. »Wobei mir einfällt: Geht ihr zu Tamsins Party?«

»Wenn ich nicht zu einem Patienten gerufen werde.«

»Sie hat mir eine Einladung geschickt. Ziemlich großartig. Solche Dinge kann sie ja.« Marvell reckte sich in seinem Sessel, und in dem gedämpften Licht wirkte seine Bewegung sehr jungenhaft. Was das Alter von Menschen anging, konnte man Greenleaf nicht so leicht etwas vormachen. Er schätzte Marvell zwischen 47 und 52, aber die feinen Linien, die man in der Sonne erkennen konnte, waren in dem Halbdunkel nicht mehr zu erkennen, und die vereinzelten grauen Haare verloren sich in dem Blond seiner Haare.

»Eine Party nach der anderen in diesem Sommer«, sagte er. »Muß ganz schön ins Geld gehen.«

»Nun, Tamsin hat ihr eigenes Einkommen von ihrer Großmutter geerbt. Sie und Patrick sind ja Vettern ersten Grades, also ist es gleichzeitig auch seine Großmutter.«

»Dann war sie offenbar der Liebling?«

»Das weiß ich nicht. Aber Patrick hatte ja schon das Geschäft seines Vaters geerbt, da hat die alte Mrs. Selby wahrscheinlich gedacht, mehr brauche er nicht.«

»Du scheinst ja eine ganze Menge über sie zu wissen.«

»Kann sein. Irgendwie bin ich so was wie ein Beichtvater für Tamsin geworden. Weißt du, bevor sie hierher zogen, hatten sie eine Wohnung in Nottingham, und Tamsin fühlte sich auf dem Land etwas verloren. Nach meinem Vortrag vor der Vereinigung der Anwohner Linchesters bombardierte sie mich mit Fragen, und seitdem ... nun bin ich so eine Art Adoptivonkel für sie. Briefkastentante und Altertumsforscher in einer Person.«

Greenleaf lachte. Marvell war der einzige Mann in seinem Bekanntenkreis, der Frauenarbeit machen konnte, ohne dabei altweiberhaft zu wirken.

»Weißt du, ich glaube, Tamsin wollte das Haus gar nicht, das sie da haben. Sie liebt alte Häuser, alte Möbel. Aber Patrick besteht auf einem Stil, den man meines Wissens ›neue Sachlichkeit‹ nennt.«

»Sag mal, macht es dir wirklich nichts aus, wenn du siehst, was aus Linchester geworden ist?« Die Emotionen anderer Menschen hatten Greenleaf schon immer fasziniert, und er fragte sich manchmal, wie Marvell wohl über die neuen Häuser denken mochte, die auf dem ehemaligen Besitz seines Vaters entstanden waren.

Marvell lächelte und hob die Schultern.

»Eigentlich nicht. Ich muß sagen, ich bin zutiefst dankbar, daß ich das nicht unterhalten muß. Abgesehen davon amüsiert es mich, wenn ich irgendwo eingeladen bin. Ich spiele dann so eine Art Gedankenspiel, versuche mir vorzustellen, wo ich gerade bin und was dort früher einmal war.« Auf Greenleafs fragenden Blick hin fuhr er fort: »Ich meine, wenn ich zum Beispiel bei Tamsin bin, dann denke ich, ach ja, hier führte der Grenzzaun entlang und hier war der Küchengarten.« Mit unbewegtem Gesicht fügte er hinzu: »Das Haus der Gages steht da, wo früher die Ställe waren, womit ich nicht sagen will, daß ich das für angemessen halte, wohlgemerkt.«

»Du machst mir ja richtig angst. Da muß ich mich wohl fragen, was auf meinem Grundstück mal stand.«

»Oh, du hast ein ordentliches Teil abgekriegt. Da war Vaters Bibliothek und ein Stück vom Treppenhaus.«

»Ich glaube dir kein Wort«, rief der Doktor und fügte etwas gedämpfter hinzu: »Ich bin aber froh, daß du aus dem Ganzen ein Spiel machen kannst.«

»Du mußt nicht denken, daß ich jedesmal, wenn ich einen Fuß nach Linchester setze, in so eine Art sentimentales Gejaule nach der Devise *recherche du temps perdu* ausbreche.«

Greenleaf war nicht ganz überzeugt. Er nippte an seinem Whisky und erinnerte sich etwas spät an den eigentlichen Grund seines Besuches.

»Und jetzt«, meinte er, sicher auf vertrautem Gebiet angelangt. »Wie ist es mit deinem Heuschnupfen?«

Auch wenn der Doktor Marvells Anspielung auf Proust nicht ganz verstanden hatte, so war ihm der Sinn doch zumindest andeutungsweise klar. An Edward Carnaby wäre das Zitat völlig verschwendet gewesen. Sein Französisch befand sich noch auf der Elementarstufe.

Jo-Jo monte. Il est fatigué. Bonne nuit, Jo-Jo. Dors bien!

Er sah zur Decke hoch und übersetzte sich die Passage ins Englische. Albernes Zeug für einen erwachsenen Mann, wenn man es sich recht überlegte. Über einen Fünfjährigen, der badete und dann ins Bett ging. Aber es war immerhin Französisch, und wenn er so weitermachte, dann konnte er in einem Jahr Simenon lesen.

Bonjour, Jo-Jo. Quel beau matin! Regarde le ciel. Le soleil brille.

Edward blätterte im Wörterbuch und suchte das Wort *briller.*

»Ted!«

»Was ist, Liebes?« Sonderbar, aber er hatte sich in letzter Zeit angewöhnt, sie ›Liebes‹ zu nennen. In allen Bereichen außer einem hatte sie den Platz seiner Frau eingenommen. Sex war ausgespart, aber Freiheit und Sicherheit nahmen seinen Platz ein. Das Leben war freier mit Free, dachte er, und freute sich über das Wortspiel.

»Wenn du und Cheryl rechtzeitig Lunch haben wollt, dann mußt du etwas gegen die Wespen unternehmen, Ted.« Sie kam hereinmarschiert, frisch, sauber, sehr weiblich in Baumwollkleid und rüschenbesetzter Schürze. Mit Vergnügen nahm er zur Kenntnis, daß sie Lunch gesagt hatte und nicht Dinner. Linchester wirkte auch auf Freda erzieherisch.

»Ich mach es gleich, dann haben wir's hinter uns.« Er

klappte das Wörterbuch zu. *Briller.* Strahlen, leuchten, scheinen. Das Verb drückte haargenau seinen Zustand aus. Er strahlte vor Zufriedenheit und froher Erwartung. *Edouard brille,* sagte er zu sich und kicherte laut dabei. »Ich habe versprochen, das Zeug an Leute weiterzugeben.«

»Was für Leute?«

»Nun, die fabelhafte Mrs. Selby, wenn du es wissen willst. Ich habe sie gestern abend getroffen, und sie war sehr liebenswürdig. Bestand darauf, daß ich heute zu ihrer Party komme.« Also, so etwas könnte ich zu einer Ehefrau aber nicht sagen. »Sie wollte kein Nein hören«, setzte er hinzu.

Freda ließ sich auf einen Stuhl fallen.

»Du machst wohl Witze. Du kennst Tamsin doch gar nicht weiter.«

»Tamsin! Soso. Seit wann seid ihr beide denn so vertraut?«

»Und was ist mit mir, Ted?«

»Also, paß mal auf. Free, ich zähle darauf, daß du bei Cheryl bleibst.«

Tränen stiegen ihr in die Augen. Nach alldem, was geschehen war, all der Liebe und Versprechungen, den wunderbaren Abenden, jetzt das! Natürlich war es nicht *seine* Schuld. Es war Tamsins Party. Aber ausgerechnet Edward einzuladen!

»Nun reg dich doch nicht gleich so auf. Sie hat gesagt, ich kann noch jemanden mitbringen. Ich weiß nur nicht, was wir dann mit Cheryl machen.«

»Mrs. Staxton kommt rüber«, sagte Freda rasch. »Sie hat es schon so oft angeboten.« Als sie sah, daß sein Gesicht immer noch Zweifel ausdrückte und sein Blick sich erneut dem Französischbuch zuwandte, brach es jammervoll aus ihr hervor. »Ted, ich möchte so gern mitgehen. Ich habe auch ein Recht darauf, vielleicht mehr als du.«

Hysterie war etwas Neues an ihr. Er schlug sein Buch wieder zu. »Was redest du da?« Sie war seine Schwester, und ihre innere Unruhe übertrug sich auf ihn. Eine gräßliche Ahnung erfüllte ihn. Unwillkürlich fiel ihm der gestrige Abend ein, wie Tamsin an ihm vorbei zum Teich hinübergeschaut hatte. Und dann ihre plötzliche, unerklärliche Kälte, als er ihr seinen Namen genannt hatte.

»Freda!«

Da kam alles heraus, und Edward hörte mit einer Mischung aus Ärger und Angst zu. Seine gute Laune von vorhin hatte sich unversehens ins Gegenteil verkehrt.

5

Girlanden mit kleinen bunten Lämpchen schmückten die Weiden. Bei Einbruch der Dunkelheit würden sie angeschaltet und dann rot, orange, grün und eisblau gegen das dunkle Eichenlaub im Garten der Millers nebenan leuchten.

Tamsin hatte Speisen und Getränke im Eßzimmer vor den Wespen in Sicherheit gebracht. Obwohl sie heute den ganzen Tag über nur zwei gesehen hatte, schloß sie die Fenster, um ganz sicherzugehen. Der Raum war aufgeräumt und leer bis auf das kalte Buffet. Zweckmäßig nannte Patrick das. Nachdem er saubergemacht hatte, wobei Tamsin hilflos im Hintergrund herumstand, entsprach die Sache sogar seinen hohen Anforderungen.

»Schließlich ist es ein Eßzimmer und keine Rumpelkammer«, hatte er mit frostiger Stimme mehr zum Staubsauger als zu Tamsin gesagt. Seine Frau würdigte er mit keinem Wort, aber sein Blick hieß: Pfusch mir nicht in meine Arrangements. Als die Reinigungsgeräte weggeräumt, der Staubwedel sorgfältig gewaschen war, nahm er den Hund zu einem Spaziergang im Sherwood Forest mit. Er wirkte selbstzufrieden und versunken in seiner eigenen Welt.

Jetzt war es zu spät für eine Zurschaustellung liebevoller Fügsamkeit. Tamsin zog sich um, wünschte dabei, sie hätte etwas in fröhlichen, leuchtenden Farben, aber all ihre Kleider waren in gedämpften Tönen gehalten – um Patrick zu gefallen. Anschließend ging sie ins

Eßzimmer und nahm sich einen Whisky. Pur goß sie ihn in einen Becher, beinahe so, als wäre es ihr letzter. Bisher hatte ihr noch niemand zum Geburtstag gratuliert, aber sie hatte eine Menge Post bekommen. Trotzig nahm sie die Karten aus einer Schublade des Sideboards und verteilte sie auf dem Heizkörper. Es waren ungefähr ein Dutzend: witzige, mit zerzausten Hausfrauen inmitten hoher Geschirrberge; konventionelle (eine Familie Dartmoor-Ponies); eine, deren Bild eine geheime Bedeutung hatte, die nur sie und der Absender kannten. Sie war nicht unterschrieben, aber Tamsin wußte, von wem sie kam. Sie zerriß sie rasch, denn ihr Anblick – diese kühle Vermessenheit – machte ihr Elend nur noch größer.

»Noch viele glückliche Jahre, Tamsin«, sagte sie mit unsicherer Stimme und hob ihr Glas. Sie seufzte tief, und die Karten flatterten leise. Am liebsten hätte sie das Glas zerschmettert, es sinnlos gegen Patricks weiße Wand geschleudert; denn sie war am Ende. Ein neues Leben begann. Der Drink war ein Symbol ihres alten Lebens, ebenso wie das Kleid, das sie trug, silbergrau, anliegend, teuer. Vorsichtig stellte sie das Glas ab – die Macht der Gewohnheit –, schaute auf die Glückwunschkarten und blinzelte, um nicht loszuweinen. Denn eine Karte fehlte, eine schmucklose, aber teure Karte mit der Aufschrift: »Für meine Frau«.

Patrick kam niemals zu spät. Um Punkt sieben war er rechtzeitig zurück, um zu baden, sich zu rasieren und das Bad ordentlich aufgeräumt zu hinterlassen. Bis dahin hatte sie ihr Glas abgewaschen und es auf seinen Platz zurückgestellt. Sie hörte, wie sich die Badezimmertür schloß und der Schlüssel umgedreht wurde. Patrick achtete auf seinen Besitz.

Tamsin blieb noch ein paar Minuten im Eßzimmer, fühlte beinahe so etwas wie Selbstmordstimmung aufkommen. In einer Stunde kamen ihre Gäste und erwarteten, daß sie sie fröhlich empfing, weil sie jung und reich und schön war und weil sie heute Geburtstag hatte. Wenn sie ein paar Minuten an die frische Luft ging, fühlte sie sich vielleicht besser. Queenie auf den Fersen, ging sie mit einem Korb in den Garten, dorthin, wo die Johannisbeeren wuchsen und wo einmal der Küchengarten des ehemaligen Herrenhauses gewesen war. Der Hund legte sich in die Sonne, und Tamsin fing an, die reifen Früchte von den Büschen zu streifen.

»Ich werde versuchen, fröhlich zu sein«, sagte sie zu sich oder vielleicht auch zu dem Hund, »ein Weilchen wenigstens.«

Viertel vor acht standen Freda und Edward Carnaby vor der Eingangstür zu Hallows, und Edward klingelte. Freda, deren einzige Lektüre eine wöchentlich erscheinende Frauenzeitschrift war, hatte darin den Ausdruck ›wie angewurzelt dastehen‹ gelesen. Und genauso kam sie sich jetzt vor, als sie auf den saubergefegten weißen Stufen stand, starr vor Angst, mit einem Übelkeitsgefühl, das wie ein dicker Klumpen zwischen Magen und Kehle saß.

Niemand öffnete. Freda beobachtete nervös ihren Bruder. Er schien keine Probleme mit seinen feuchten und plötzlich viel zu großen Händen zu haben, die zuckten und nervös und haltsuchend herumfuhrwerkten. Er hatte das Vesprid in der braunen Verpackung von Waller, um sich daran festzuhalten.

»Vielleicht versuchen wir's mal an der Hintertür«, meinte er trotzig. Es herrschte eine klösterliche Stille, und das Quietschen, als Edward die eiserne Pforte aufstieß, ließ Freda zusammenfahren. Sie gingen ums Haus herum und blieben auf dem Hof stehen. Voller Erwartung lag der Garten vor ihnen. Er wirkte allerdings, als sei er eher für einen Fototermin vorbereitet worden als für eine Party. Die sorgfältig ausgewählten Motive des Fotografen könnten dann als Illustrationen eines Berichtes dienen, wie Freda ihn erst kürzlich gelesen hatte: Ideales Heim in Großbritannien. Da war genauso ein Garten abgebildet gewesen: die hell- und dunkelgrünen Streifen auf der Rasenfläche, wo der Mäher sie gekreuzt hatte, die Bäume und Büsche mit Blättern wie einzeln abgestaubt. Am anderen Ende des Hofes hatte jemand Tische und Stühle gruppiert, einige aus hellem Weidengeflecht, andere aus weißem, verschnörkeltem Metall. Ein winziger Funke aus Freude und Bewunderung brach durch Fredas Angst. Er wurde durch das Geräusch gurgelnden Wassers in einem Abflußrohr hinter ihr jedoch rasch erstickt. Immerhin ein Zeichen von Leben, von Bewohntsein.

Garten und Haus machten den Eindruck, dachte Freda, als seien sie gar nicht fürs Freie gedacht, sondern hätten bis jetzt unter einer Glasglocke gestanden. Aber sie war nicht in der Lage, ihre Gedanken in Worte zu fassen, statt dessen sagte sie hilflos: »Es ist offenbar niemand da. Du hast sicher das Datum verwechselt.«

Edward schnitt eine Grimasse, und sie fragte sich wieder, warum er mitgekommen war, was wollte er sagen oder tun? War es einfach nur Freundlichkeit ihr gegenüber – denn so, wie die Dinge lagen, war er im Moment ihr Schlüssel zu diesem Haus –, war es die Faszination, die Tamsin auf ihn ausübte, oder mehr?

»Du wirst nichts sagen, nicht wahr, Ted? Du wirst mich nicht bloßstellen?«

»Ich habe dir doch gesagt, ich möchte sehen, wie die Dinge stehen, in was für einen Schlamassel du dich manövriert hast. Ich verspreche gar nichts, Free.«

Minuten vergingen, endlose Minuten, in denen der gepflegte Garten vor ihren Augen verschwamm. Dann passierte etwas, das Edwards wackeligem Selbstbewußtsein den ersten Schlag versetzte.

Hinter den Weiden ertönte ein Geräusch, das Freda vertraut war, ein langgezogenes, dumpfes Lautgeben. Queenie. Edward zuckte zusammen und ließ das Vesprid mit einem Scheppern fallen. Es klang wie die Einleitung zum Jüngsten Gericht. In dem Moment brach der Hund aus dem dichten Gebüsch hervor und blieb unmittelbar vor ihnen stehen. Ein drohender Laut kam aus seiner Kehle, eher ein Gurgeln als ein Knurren. Edward schien zu schrumpfen. Er hob die Dose auf und hielt sie vor sich, ein lächerlicher und völlig unzulänglicher Schild.

»Oh, Queenie!« Freda streckte die Hand aus. »Ist ja gut. Ich bin's doch.«

Der Hund kam heran, wedelte jetzt und leckte ihre ausgestreckten Finger. Da öffnete sich das Tor, und ein großer, blonder Mann trat in den Garten. Er trug ein grünes Hemd zur lässigen Hose, und Edward merkte sofort, daß sein eigenes Sportjackett (Harns Tweed, herabgesetzt auf neunundachtzig und elf) unpassend und ein Anachronismus war.

»Guten Abend.«

Im Arm trug er etwas wie eine Flasche, in vergilbtes Zeitungspapier gewickelt, und in der Hand einen riesigen Rosenstrauß. Die Rosen waren perfekt, jede Blüte noch geschlossen, aber kurz vor dem Erblühen, die Stiele waren sorgsam von Dornen befreit.

»Ich glaube, wir kennen uns noch nicht. Mein Name ist Marvell.«

»Sehr erfreut, Sie kennenzulernen«, sagte Edward, nahm das Vesprid in die Linke und reichte Marvell die Hand. »Das ist meine Schwester, Miss Carnaby.«

»Wo sind die anderen?«

»Das wissen wir nicht«, sagte Freda mißmutig. »Bevor Sie kamen, dachten wir, wir hätten uns im Tag geirrt.«

»O nein, heute ist Tamsins Geburtstag.« Er warf Queenie spielerisch zu Boden, lächelte plötzlich und winkte. »Da hinten ist sie ja. Sie pflückt meine Johannisbeeren, die Gute! Entschuldigen Sie mich bitte.«

»Na«, sagte Freda. »Wenn das die feinen Manieren des Landadels sind, dann können die mir gestohlen bleiben.«

Sie beobachtete, wie er den Weg hinunterging, und dann sah sie Patricks Frau. Tamsin richtete sich auf wie eine silbrige Dryade, die aus ihrem Element steigt, rannte zu Marvell und küßte ihn auf die Wange. Zusammen kamen sie aufs Haus zu, Tamsins Gesicht in Rosen versenkt.

»Josephine Bruce, das ist die herrliche dunkelrote«, hörte Freda sie sagen. »Virgo, schneeweiß; Super-Star – o wunderschöne, liebliche Vermillion! Und die große Pfirsichschönheit – die da, die heißt Frieden. Siehst du, Crispin, ich lerne *doch.*«

Sie trat auf die graugoldenen Steine des Hofes und legte den Strauß auf einen Tisch aus Weidengeflecht. Der Weimaraner stürzte zu ihr hin und legte die Pfoten auf den Tischrand.

»Und der wundervolle Honigwein! Du bist wirklich lieb zu mir, Crispin.«

»Du siehst aus wie aus einem dieser todschicken Kalender entstiegen«, sagte Marvell lachend. »Die anständigen natürlich, wie man sie in den Werkstätten entlang der Autobahn findet. Alles nur Mädchen, Blumen, Hunde und Alkohol – die guten Dinge des Lebens.«

»Wein, Weib und Gesang, würde Patrick sagen.« Tamsins Stimme klang gepreßt, und ihr Gesicht war umschattet.

Edward hüstelte.

»Entschuldigen Sie«, sagte er.

»Ach du meine Güte, es tut mir ja so leid«, Marvell sah tiefbeschämt aus. »Tamsin, Liebes, ich halte dich von deinen Gästen ab.«

Rückblickend dachte Freda, daß Tamsin wirklich keine Ahnung gehabt hatte, wer sie waren. Und das nach Edwards idiotischem Gehabe! Tamsins Gesichtsausdruck hatte sich völlig verändert, war dumpf, beinahe häßlich geworden, die großen gelbbraunen Augen schienen zu verlöschen. So stand sie da und schaute sie an, eine Rose gegen die farblosen Lippen gepreßt. Schließlich meinte sie: »Ach, ich weiß! Der Mann, der abends zur Volkshochschule geht.«

In dem Moment wäre Freda am liebsten weggelaufen, wollte sich an der Mauer entlang fortstehlen, zwischen Haus und Zaun hindurchschlüpfen und dann rennen und rennen bis zu den Chalets hinter den Ulmen. Aber Edward hielt ihren Arm fest. Er schob sie vorwärts wie ein Händler seinen einzigen Sklaven.

»Das ist meine Schwester. Sie sagten, ich dürfe jemanden mitbringen.«

Tamsins Gesicht wurde hart. Es sah genauso aus wie eine dieser afrikanischen Masken, dachte Freda, die schöne, göttergleiche, die in der Bar dieses Rasthauses an der Straße nach Southwell hing. Freda wußte, daß sie ihr nicht die Hand reichen würde.

»Nun, wo Sie schon mal hier sind, müssen Sie etwas trinken. Im Eßzimmer steht jede Menge. Wo ist Patrick?« Sie schaute zu den offenen Fenstern im ersten Stock hinauf. »Patrick!«

Edward hielt ihr das Vesprid hin.

»Ein Mitbringsel? Wie reizend von Ihnen.«

Sie zog die Dose aus der Verpackung und kicherte. Freda dachte, sie muß hysterisch sein – oder betrunken.

»Eigentlich ist es kein Mitbringsel«, sagte Edward leicht verzweifelt. »Sie baten darum. Ich sollte früher kommen, so daß wir die Wespen noch verarzten können.«

»Die Wespen? Ach, ich habe heute erst eine oder zwei gesehen. Wir werden uns gar nicht um die Wespen kümmern.« Sie zog die Türen auf, und Patrick hatte wohl direkt dahinter gestanden. Er trat heraus, selbstsicher, lächelnd und nach Badesalz duftend. »Hier ist mein Mann. Geh doch bitte und sieh nach der Beleuchtung, Schatz.« Damit schob sie ihren Arm unter den seinen und lächelte strahlend.

Freda merkte, wie sie anfing zu zittern. Sie wußte, daß sie blaß geworden war und gleich darauf blutrot. Ihre Hand fand Patricks, fand Leben und Kraft, als sie den leichten Druck und die vertraute Kühle seines Ringes fühlte. Als Edward dran war, klopfte ihr Herz, aber der Händedruck ging auf konventionelle Weise vorüber. Edwards Stimmungshoch war vorbei, und er schaute dümmlich und wie hypnotisiert auf Patrick.

»Was ist das?«

Patrick nahm das Vesprid und schaute sich die Aufschrift an. Freda konnte nicht umhin, seine Haltung zu bewundern, die kühle, herrische Art, in der er Tamsins Hand abschüttelte.

»Sieht das nicht schrecklich aus auf meinem Geburtstagstisch?« Tamsin steckte die Dose in die Tüte zurück und legte sie Edward in den Arm. Sie nahm seine Hand und drückte seine Finger auf das Päckchen. »Da! Passen Sie gut darauf auf, mein Bester, oder verwahren Sie es an einem sicheren Ort. Wir wollen doch nicht, daß es in die Drinks gerät, nicht wahr?«

Dann rettete Marvell die Situation und nahm sie mit sich ins Eßzimmer.

Als Greenleaf und Bernice in Hallows ankamen, waren die anderen schon alle da. Er war noch zu einem Mann mit Nierenkolik gerufen worden und erst um acht zurückgekommen. Glücklicherweise beschwerte Bernice sich nie, sondern wartete geduldig auf ihn, rauchte und legte Patiencen im Frühstückszimmer.

»Ich werde mein Alpaka-Jackett anziehen«, sagte Greenleaf. »Ich sehe darin zwar wie ein Bowls-Spieler aus, aber was soll's. Ich bin schließlich kein Teenager mehr.«

»Nein, mein Schatz«, sagte Bernice. »Du bist ein sehr gut aussehender, erwachsener Mann. Wer will schon ein Teenager sein?«

»Ich nicht, außer, auch du könntest einer sein.«

Ganz zufrieden miteinander, machten sie sich gut gelaunt auf den Weg. Sie nahmen die Abkürzung über The Green und blieben am Teich stehen, um den Schwänen zuzuschauen. Sie hielten sich an den Händen.

»Endlich«, meinte Denholm Smith-King, als die beiden auf der Terrasse erschienen. »Gerade habe ich zu Joan gesagt, ist eigentlich ein Arzt im Haus?«

»Haha«, antwortete Greenleaf mechanisch. »Ich hoffe, niemand wird einen brauchen. Ich bin nämlich hier, um mich zu amüsieren.« Er winkte Tamsin zu, die vom Plattenspieler herüberkam, um ihn zu begrüßen. »Herzlichen Glückwunsch zum Geburtstag. Vielen Dank für die Einladung.« Er zeigte auf den beladenen Tisch. »Was ist denn das alles?«

»Das sind meine wunderhübschen Geschenke. Pralinen von Oliver und Nancy, diese entzückende Tasche von Edith«, Tamsin hielt eines nach dem anderen hoch, verzog das Gesicht bei dem lobenden Adjektiv über die Tasche. »Süße, köstliche *marrons glacés* von Joan, und Crispin hat mir – was glaubst du wohl? – Wein und Rosen mitgebracht. War das nicht wundervoll von ihm?«

Hinter ihr stand Marvell und grinste ein jungenhaftes Grinsen. »Dein Schatten, Cynara«, zitierte er. »Die Nacht ist dein ...«

»Vielen Dank! Ach, und Bernice ...« Sie wickelte das winzige Parfumfläschchen aus, das Bernice ihr in die Hand gedrückt hatte. »*Nuit de Beltane!* Wie herrlich. Und eben habe ich noch zu Nancy gesagt, wie wunderbar sie duftet. Stellt euch vor, sie hat es auch. Ach, ihr seid alle so nett zu mir.« Sie schwenkte ihre langgliedrige braune Hand, als ermüde sie die Großzügigkeit und mache sie noch matter als gewöhnlich.

Greenleaf klemmte sich in einen kleinen Korbsessel. Drin spielte die Musik eine Beguine.

»Ihre Tochter ist nicht mitgekommen?« sagte er zu Edith Gaveston.

Sie schniefte. »Viel zu solide hier für Linda.«

»Tja, wahrscheinlich.«

Tamsin war weg, fortgeschwenkt in Oliver Gages Armen.

»Wenn Sie eine Minute Zeit haben«, sagte Denholm Smith-King. »Ich wollte Sie schon lange mal fragen. Es ist wegen eines Knotens unter meinem Arm ...«

Greenleaf war schon bereit, sich in das Schicksal seines Berufsstandes zu ergeben, und nahm das Glas, das Patrick ihm hinhielt, aber Smith-King war erst mal abgelenkt. Er schaute sich rasch nach allen Seiten um, als wolle er sichergehen, daß die meisten anderen tanzten, dann berührte er nervös Patricks Arm.

»Ach, Pat, alter Kumpel ...«

»Nicht jetzt, Denholm.« Patrick Selbys Lächeln war kurz, unpersönlich und fast unsichtbar. »Ich habe keine Lust, Geschäft und Vergnügen zu mixen.«

»Dann später, ja?«

Patrick warf einen Blick auf den Aschenbecher, den Smith-King mit Kippen füllte, klappte mit fast beleidigender Geste die Zigarettendose auf und ließ den Deckel zufallen.

»Es erstaunt mich gar nicht, daß du einen Knoten hast, aber bitte, langweile nicht meine Gäste damit, ja«, sagte er schon halb im Gehen.

»Komischer Kerl«, meinte Smith-King, und verlegene Röte breitete sich über sein Gesicht. »Dem ist es ganz egal, was er sagt.« Die Röte verflüchtigte sich, als Patrick davonschlenderte. »Aber jetzt zu diesem Knoten ...«

Greenleaf versuchte, den Eindruck des aufmerksamen Zuhörers zu erwecken, während er in Gedanken und mit einem halben Auge bei den übrigen Gästen war.

Fast alle meine Patienten, dachte er, bis auf die Selbys und die Gavestons, die in Doktor Howards Privatkartei waren. Im Augenblick betrachtete er sie jedoch eher unter psychologischem als unter medizinischem Gesichtspunkt. Wie er manchmal zu Bernice sagte, gehörte es mit zu seinem Beruf, sich auch mit der menschlichen Natur zu befassen.

Die Carnabys zum Beispiel; sie amüsierten sich nicht. Sie saßen ein Stück entfernt von den anderen und schwiegen sich an. Freda hatte ihr leeres Longdrinkglas unter dem Stuhl versteckt. Carnaby umklammerte mit düsterer Miene etwas, das aussah wie eine Dose in der Verpackung von Wallers Drogerie. Er wirkte ein bißchen wie ein Vater, der sein von allen abgelehntes Kind hütet.

Hinter ihnen, zwischen den Johannisbeerbüschen, zeigte Marvell Joan und Nancy die vergangene Pracht des ehemaligen Küchengartens seines Elternhauses. Greenleaf hatte nicht viel Ahnung von Damenmode, aber Nancys Kleid wirkte auf ihn etwas unpassend. Irgendwie saß es nicht – sie muß auf ihr Gewicht achten, sagte der Mediziner in ihm, sonst gerät in zehn Jahren ihr Blutdruck außer Kontrolle – und bildete einen allzu scharfen Kontrast zu dem teuren Duft, den sie verströmte und von dem er vorhin, als sie zusammen an Tamsins Geburtstagstisch standen, eine Nase voll abbekommen hatte. Warum hatte übrigens Gage wie vom Donner gerührt dagestanden, als Bernice Tamsin ihr eigenes Geschenk überreicht hatte?

Er tanzte gerade mit Tamsin, und von den drei Paaren auf der Tanzfläche paßten sie am besten zusammen. Clare und Walter Miller holperten an ihm vorbei, konsequent einen Takt hinter dem Rhythmus des Foxtrotts. Ziemlich gegen ihren Willen hatte sich Bernice zu einer Runde in den steifen Armen Paul Gavestons überreden lassen. Nun starrte er mit unbewegtem Gesicht über ihre Schulter hinweg, seine Hand gute fünf Zentimeter von ihrem Rücken entfernt. Greenleaf grinste in sich hinein. Gage hatte solche Hemmungen ganz offensichtlich nicht. Seine glatte Wange war eng an Tamsins gepreßt, sein Körper eins mit dem ihren. Sie bewegten sich kaum, schaukelten langsam, fast schon anstößig auf einem halben Quadratmeter Tanzfläche hin und her. Die Musik verklang und ging plötzlich in einen Mambo über.

»Die Sache ist die«, sagte Smith-King gerade. »Das Ding wird größer, soviel steht fest.«

»Das schaue ich mir am besten mal an«, sagte Greenleaf.

Inzwischen hatte sich ein viertes Paar zu den Tanzenden gesellt. Greenleaf konstatierte das mit einer gewissen Erleichterung. Patrick mochte ja selbst in guter Verfassung ein recht schwieriger Zeitgenosse sein, aber wenn es darauf ankam, konnte er durchaus aus sich herausgehen. Es war nett zu sehen, wie er das Carnaby-Mädchen aus ihrer peinlichen Situation befreit hatte und jetzt mit ihr tanzte, als mache es ihm wirklich Spaß.

»Das würden Sie tun«, Smith-King war schon im Aufstehen begriffen und schien sich gleich entkleiden zu wollen.

»Nicht jetzt«, erwiderte Greenleaf alarmiert. »Kommen Sie in meine Sprechstunde.«

Inzwischen war die Sonne beinahe untergegangen, und die Dämmerung senkte sich über den Garten. Tamsin hatte sich von Oliver Gage gelöst, um die bunten Lichterketten einzuschalten. Wäre nicht seine Frau dazwischengekommen, die sich auf der Terrasse lauthals über die Mückenplage ausließ, Gage wäre ihr nachgelaufen.

»Wie ich diese entsetzlichen Insekten hasse«, grummelte Nancy. »Man sollte doch wirklich denken, durch all das DDT und so seien sie endlich ausgerottet.« Sie blitzte Marvell wütend an. »Mich juckt es am ganzen Körper.«

Wie auf ein Stichwort fingen Walter Miller und Edith Gaveston gleichzeitig an, Anekdoten über Mückenstiche zu erzählen. Joan Smith-King driftete zu Greenleaf herüber, wie Leute es sogar bei Parties oft taten, wenn sie kleinere Wehwehchen haben, und rieb sich die Arme. Er stand auf, um Joan bei ihrem Mann sitzen zu lassen, aber als er sich umwandte, war Denholms Stuhl leer. Dann sah er Den im verlassenen Eßzimmer Patrick gegenüberstehen, die unvermeidliche Zigarette im Mund. Greenleaf konnte nicht verstehen, was er sagte, er hörte nur Joans schweren Atem über dem gleichmäßigen Gemurmel der allgemeinen Konversation. Die Zigarette zitterte, klebte an Denholms Lippen, während er mit beiden Händen eine Geste der Hoffnungslosigkeit beschrieb. Patrick lachte plötzlich auf, wandte sich ab und schlenderte in den Garten hinaus. In diesem Moment glühten die Lichter zwischen den Bäumen auf.

Greenleaf, der keine Ader für eine sogenannte romantische Atmosphäre hatte, beeindruckten die bunten Lämpchen wenig. Doch von den meisten Damen kam ein bewunderndes Ah und Oh. Feenbeleuchtung war der Clou, bewies Wohlstand, Geschmack, Organisationstalent. Nancy rannte mit kleinen, begeisterten Schreien hin und her, zeigte auf die bunten Glühbirnen und forderte die anderen auf, herauszukommen und sich die Pracht aus der Nähe anzusehen.

»Freut mich, daß es euch gefällt«, sagte Tamsin. »Wir

finden es auch hübsch.« Patrick hüstelte und schloß sich damit aus. Er nimmt sich seine Gastgeberpflichten sehr zu Herzen, dachte Greenleaf, der beobachtete, wie seine Hand Freda Carnabys mit festem Griff umschloß.

»So, hat auch jeder etwas zu trinken?« Tamsin griff nach Marvells leerem Glas. »Crispin, deine armen Arme!«

»Ihr habt Stechmücken im Garten«, sagte Marvell lachend. »Ich wollte eigentlich Citronella-Öl mitbringen, habe es aber vergessen.«

»Oh, wir haben welches. Ich werde es holen.«

»Nein, ich werde gehen. Du bleibst hier und tanzt.«

Gage hatte sie schon mit Beschlag belegt, seinen Arm um ihre Taille geschlungen.

»Also gut, ich sage dir, wo du es findest. Im Gästebad, in dem kleinen Schränkchen, oberstes Fach.«

Joan Smith-King kicherte neidisch.

»Ach, ihr habt zwei Bäder? Welch ein Luxus.«

»Einfach durch das Zimmer«, sagte Tamsin und ignorierte den Einwurf. »Du kennst ja den Weg.«

Der Ausdruck in ihren Augen schockte Greenleaf. Es war, dachte er bei sich, als spiele sie bewußt ein gefährliches Spiel.

»Ich bin albern«, sagte er zu Bernice.

»Aber nein, Liebling, du bist doch so ein praktisch veranlagter Mann. Wie kommst du überhaupt auf albern?«

»Ach, nichts«, erwiderte Greenleaf.

Marvell kam mit einem Fläschchen in der Hand zurück. Den Deckel hatte er schon abgeschraubt und rieb sich die Arme ein.

»Vielen Dank«, sagte er zu Tamsin gewandt, »Madame Tussaud.«

Sie schwatzte rasch auf ihn ein.

»Du hast es gefunden? *Merveilleux.* Klingt gut, nicht? Ist aber kein Wortspiel. Komm tanzen!«

»Ich bin aber gar nicht zum Tanzen aufgelegt«, protestierte Marvell lachend. »Ich war in der Schreckenskammer und brauche einen kräftigen Schluck.« Er nahm sich einen Drink vom Sideboard. »Du hättest mich aber auch warnen können.«

»Was meinen Sie mit Schreckenskammer«, fragte Nancy mit großen Augen. Die Party wurde etwas flau, und sie war bereit, alles aufzugreifen, was die Stimmung heben und wenn möglich Oliver von Tamsin trennen konnte. »Haben Sie Gespenster gesehen?«

»So was Ähnliches.«

»Erzählen Sie, raus damit!«

Plötzlich drehte sich Tamsin von Oliver weg, breitete die Arme aus und griff sich Marvell, um ihn am Plattenspieler und am Geburtstagstisch vorbei über die Terrasse auf den Rasen zu wirbeln.

»Also gut, dann wollen wir alle gehen«, rief sie. »Kommt und seht euch das Gespenst an.«

Alle kamen hintereinander in die Halle, die Frauen kicherten erwartungsvoll. Marvell, das Glas noch in der Hand, ging als erster. Nur Patrick blieb zurück, bis Freda seine Hand nahm und ihm etwas zuflüsterte. Sogar Smith-King, normalerweise von herzerfrischender Unsensibilität, bemerkte sein Unbehagen.

»Geh du voran, Macduff!«

6

Wäre es früher am Tag gewesen oder auch bei Lampenlicht, hätte es sicher ganz anders gewirkt. Aber so – am Übergang vom Tag zur Nacht, im Halbdunkel und in der ruhigen Luft, in der sich nichts bewegte, nicht einmal die Netzvorhänge am offenen Fenster – war der Effekt unmittelbar und für einen winzigen, irrwitzigen Augenblick schockierend.

Marvell verzog das Gesicht. Die anderen Männer glotzten. Paul Gaveston ließ so etwas wie ein Schnauben hören. Smith-King pfiff durch die Zähne und brach dann in herzliches Gelächter aus.

Die Damen verliehen ihrem Entsetzen auf die verschiedenste Weise Ausdruck: Quietscher, vor den Mund gepreßte Hände, gedämpfte Abwehrgeräusche. Nur Freda schien wirklich erschüttert. Sie stand nahe bei Greenleaf, und er hörte ihr tiefes Atemholen, merkte, wie sie erschauerte.

»Also, mein Geschmack ist das wahrlich nicht«, sagte Nancy. »Stellt euch bloß mal vor, man hat vergessen, daß es da ist, und sieht sich plötzlich nachts auf dem Weg zum Klo damit konfrontiert!«

Greenleaf fühlte Übelkeit in sich hochsteigen. Er war der einzige im Raum, der je einen echten Kopf, abgetrennt von einem Körper, gesehen hatte. Zuerst als Student, dann noch einmal bei einer Unfalluntersuchung, bei dem ein Mann während eines Zugunglücks enthauptet worden war. Deswegen und aus anderen Gründen, die mit seiner ganz persönlichen Psyche zusammenhingen, berührte ihn das Bild gleichzeitig mehr und weniger als die anderen Gäste.

Es war ein sehr großes Bild, ein Ölgemälde, eingefaßt in einen vergoldeten Rahmen, und stand an die Seidentapete gelehnt. Greenleaf hatte nicht viel Ahnung von Malerei, und die Ansicht mancher Leute, daß alles, was mit Leben und Tod zusammenhängt, auch als Kunstobjekt geeignet ist, hätte ihn abgestoßen. Pinselstrich und Farbabstufung sagten ihm wenig, aber von Anatomie verstand er eine ganze Menge, und über sexuelle Perversion wußte er ziemlich gut Bescheid. Deshalb mußte er einerseits den Künstler wegen seiner Detailgenauheit bewundern – das abgeschlagene Haupt auf der Silberplatte zeigte die korrekten Wirbelenden und die Schlagader an der richtigen Stelle –, andererseits beklagte er eine Mentalität, die Sadismus als angemessenes Thema für solch eine Darstellung betrachtete. Greenleaf haßte Grausamkeit; all das Leid seiner Ahnen in den Gettos Osteuropas war tief in ihm verwurzelt. Er streckte seine wulstige Unterlippe vor, nahm die Brille ab und rieb sie an seinem Alpaka-Jackett blank.

So kam es, daß er das Gesicht des Mannes an seiner Seite ein paar Sekunden nicht sehen konnte, das Gesicht des Mannes, dem dieses Haus gehörte. Aber er hörte das scharfe Einziehen von Luft und den leisen, unterdrückten Aufschrei.

»Jetzt seht euch nur diesen verwerflichen Blick an, mit dem sie diesen scheußlichen Kopf anschaut«, kreischte Nancy und preßte Olivers Hand. »Ich hab das Gefühl, eigentlich müßte ich wissen, was das Ganze darstellen soll, aber ich komm nicht drauf.«

»Vielleicht besser so«, meinte ihr Mann trocken.

»Was für eine Geschichte steckt dahinter, Tamsin?«

Tamsin ließ einen Finger über die Oberfläche des Bildes gleiten, verharrte mit dem Nagel auf der Blutlache.

»Salome und Johannes der Täufer«, erklärte Marvell. Das Zurschaustellen von Naivität langweilte ihn, und er war ans Fenster getreten. Jetzt drehte er sich um und lächelte. »Natürlich war sie nicht so gekleidet. Der Künstler hat sie in die Kleider seiner Zeit gesteckt. Von wem ist das Bild, Tamsin?«

»Das weiß ich nicht mal«, Tamsin zuckte die Achseln. »Es gehörte meiner Großmutter. Ich lebte lange bei ihr und bin damit groß geworden, so daß es auf mich nicht mehr diese Wirkung ausübt. Als kleines Mädchen liebte ich es geradezu. Schrecklich von mir, nicht?«

»Du wirst es doch wohl nicht aufhängen wollen?« fragte Clare Miller.

»Vielleicht, ich weiß es noch nicht. Als meine Großmutter vor zwei Jahren starb, hinterließ sie all ihre Möbel einer Freundin, einer Mrs. Prynne. Vor ein paar Monaten besuchte ich sie, und natürlich war ich ganz versessen auf das Bild. Also versprach sie, es mir zum Geburtstag zu schicken – und hier ist es.«

»Immer noch besser bei dir als bei mir.«

Tamsin kicherte.

»Ich könnte es im Eßzimmer aufhängen. Meinst du, es würde sich mit gegrillten Steaks vertragen?«

Alle hatten sich das Bild angesehen. Jeder hatte einen Kommentar abgegeben – und sei es auch nur als Aufschrei begeisterten Entsetzens. Nur Patrick hatte bisher geschwiegen. Greenleaf wunderte sich und sah ihn an. Das Gesicht unter den Sommersprossen war totenblaß. Als er schließlich sprach, klang seine Stimme laut und unsicher. Die eisige Ruhe war völlig verschwunden.

»Also gut«, meinte er. »Der Spaß ist vorbei. Entschuldigung!« Damit schob er Edward Carnaby mit der Schulter beiseite, griff einen der Bettüberwürfe und wollte das Bild damit zudecken. Doch statt sich um den Rahmen zu legen, glitt das Tuch ab und fiel zu Boden. Der Effekt war wie das Zurückgleiten eines Vorhanges, er enthüllte das Bild mit neuer Intensität. Der schamlose Blick, die halbgeöffneten Lippen und der plumpe Busen von Herodes' Nichte zeigten sich den Zuschauern im Dämmerlicht erneut. Mit entsetzlicher Befriedigung schien sie zu beobachten, wie die fallende Seide noch einmal die Trophäe auf dem Teller enthüllte.

»Du Miststück«, sagte Patrick.

Es folgte ein schockiertes Schweigen. Dann trat Tamsin vor und hob die Decke auf. Gleich darauf war Salome verschleiert.

»Also wirklich!« sagte sie. »Es war doch nur ein Scherz, Liebster. Du bist aber auch ungezogen.«

Smith-King trat unbehaglich von einem Fuß auf den anderen.

»Schon ziemlich spät, Joanie«, meinte er zu seiner Frau. »Das Bettchen ruft.«

»Es ist noch nicht mal zehn.« Tamsin faßte Patricks Hand, lehnte sich gegen ihn und küßte ihn leicht auf die Wange. Er blieb ganz ruhig, die Farbe kehrte in sein Gesicht zurück, aber er sah sie nicht an. »Wir haben noch gar nicht gegessen. All meine schönen Leckereien!«

»Ah, Essen.« Smith-King rieb sich die Hände. Wenn man eine Szene vermeiden und Patrick wieder versöhnlich stimmen konnte, dann war er dabei. »Man muß Körper und Seele zusammenhalten.«

»Die Angst aussperren?« sagte Marvell leise.

»Das ist es.« Er klopfte Marvell auf die Schulter.

Patrick schien plötzlich zu merken, daß seine Hand immer noch in Tamsins lag. Er zog sie weg und marschierte aus dem Zimmer die Treppe hinunter. Seine Gelassenheit kehrte langsam zurück. Mit einem verächtlichen Blick auf Tamsin folgte Freda ihm.

»Was für ein herrlicher Abend«, rief Tamsin laut. »Laßt uns in den Garten gehen und die Teller mit hinausnehmen.« Ihre Augen glänzten, und sie hakte sich bei Oliver Gage unter, ergriff dann auch noch Nancys Hand und schwenkte sie übermütig hin und her. »Eßt, trinkt und seid fröhlich, denn morgen sind wir tot!«

Unten tanzte Tamsin ins Eßzimmer. Greenleaf war ziemlich sicher gewesen, daß sie Patrick heute nicht mehr zu Gesicht bekommen würden, aber er war da, auf der Terrasse, und arrangierte, in sich gekehrt und mit ausdruckslosem Gesicht, Teller auf den Rohrtischchen. Freda Carnaby stand unterwürfig und anbetend dabei.

»Also«, sagte Nancy Gage und zog sich einen Stuhl neben Greenleaf. »Ich finde, Patrick hat sich ganz schön aufgeführt, was meinen Sie? Das ist doch kindisch, so ein Theater wegen eines Bildes.«

»Der Kindheit Aug' allein scheut den gemalten Teufel.« Marvell reichte ihr eine Platte mit in dunkles Brot gerollten Räucherlachsscheiben.

»Kindisch«, sagte Nancy. »Ich meine, das ist doch nicht wie im Kino. Zugegeben, ich habe einige Horrorfilme gesehen, die mich ganz schön mitgenommen haben. Danach bin ich nachts tatsächlich schweißgebadet aufgewacht, nicht wahr, Oliver?« Oliver war zu weit entfernt, um sie zu hören. Er saß, in ein düsteres Zwiegespräch vertieft, mit Tamsin auf der Mauer.

Nancy gestikulierte in seine Richtung und führte, ohne hinzuschauen, mit der anderen Hand ihr Sandwich zum Mund.

»Passen Sie auf«, sagte Greenleaf rasch. Er schlug ihr das Brot aus der Hand. »Eine Wespe«, erklärte er, als sie zusammenzuckte. »Sie wollten sie gerade mitessen.«

»O nein!« Nancy sprang auf und schüttelte ihren Rock. »Ich hasse Wespen! Vor diesen Biestern habe ich entsetzliche Angst.«

»Ist schon gut, sie ist ja weg.«

»Nein, schauen Sie, hier ist noch eine.« Nancy fuchtelte mit den Armen, als eine zweite Wespe ihr Gesicht umschwirrte, ihren Kopf umkreiste und sich dann auf einem Obsttörtchen niederließ. »Oliver, ich habe eine im Haar!«

»Was ist denn los, um Himmels willen?« Tamsin stand zögernd auf und kam zwischen den Tischen hindurch herüber. »Ach, Wespen, wie ärgerlich.« Sie war größer als Nancy und blies ihr leicht auf die blonden Locken. »Ist schon weggeflogen.«

»Du hättest die Speisen nicht herausholen sollen«, sagte Patrick. »Aber das ist typisch.« Da er der erste gewesen war, der Platten nach draußen geholt hatte, war die Bemerkung wohl kaum fair, überlegte Greenleaf. »Ich hasse diese verdammte Unfähigkeit. Sieh mal, Dutzende schwirren herum!«

Alle hatten ihre Stühle zurückgeschoben und ließen ihre Sandwiches stehen. Die gestreiften Insekten ließen sich auf den Tischen nieder und machten sich erst über Früchte und Sahne her. Sie schienen vom Himmel zu fallen, ganz gemächlich kreisten sie träge, doch mit zielstrebiger Konzentration über den Speisen, wie feindliche Flugzeuge beim Aufklärungsflug. Dann ließen sie sich, eine nach der anderen, auf Kuchen und Pudding sinken, gierig auf die Süßigkeiten. Ihre Flügel vibrierten.

»Das war's dann wohl«, meinte Tamsin. Sie versuchte, einen Teller mit Petits fours zu retten, zog die Hand aber mit einem kleinen Aufschrei schnell zurück. »Geh weg von mir, scheußliche Wespe! Patrick, tu doch was.« Er stand neben ihr, doch weiter entfernt als vielleicht je zuvor. Gereizt und gelangweilt, Hände in den Hosentaschen, starrte er auf die tafelnden Insekten.

»Bring das Zeug rein!«

»Dazu ist es ein bißchen spät«, sagte Marvell. »Sie sind schon überall im Eßzimmer.« Er schaute zum Dach hinauf. »Ihr habt ein Nest da oben.«

»Das wundert mich gar nicht«, meinte Walter Miller, der nebenan wohnte. »Erst gestern habe ich zu Clare gesagt, paß auf, hab ich gesagt, die Selbys haben ein Wespennest am Dach.«

»Und was machen wir jetzt?«

»Sie ausrotten.« Edward Carnaby hatte die ganze Zeit über mit niemandem außer seiner Schwester gesprochen. Tamsin hatte ihn mit ihrer Verachtung tief beleidigt. Jetzt war seine Stunde gekommen. »Sie vernichten«, sagte er, holte die Dose Vesprid aus der Tüte und stellte sie in die Mitte des Tisches, an dem Nancy, Marvell und Greenleaf gesessen hatten. »Sie hätten es mich vorhin gleich machen lassen sollen«, sagte er zu Tamsin.

»Machen lassen? Was?« Tamsin schaute sich das Vesprid an. »Was macht man damit? Sie einsprühen?«

Edward wollte zu einer längeren technischen Erklärung ansetzen und holte tief Luft.

Walter Miller unterbrach ihn schnell. »Sie werden eine Leiter brauchen. Ich habe eine in der Garage.«

»Gut«, meinte Edward. »Als erstes müssen wir das Nest finden. Ich brauche jemanden, der mir hilft.« Marvell stand auf.

»Nein, Crispin. Das macht Patrick.« Tamsin berührte den Arm ihres Mannes. »Komm schon, Liebling. Du kannst unsere Gäste nicht alle Arbeit machen lassen.«

Einen Moment sah es so aus, als wolle er genau das tun. Er schaute eigensinnig zwischen seiner Frau und Marvell hin und her. Dann ging er, ohne Edward anzusprechen, ohne ihn auch nur eines Blickes zu würdigen, zur Tür.

»Blutiger Sport, Tamsin«, bemerkte Marvell. »Deine Parties sind wirklich einmalig.«

Als Patrick und Edward mit Millers Leiter zurückkamen, hatten die anderen sich auf dem Rasen versammelt. Inzwischen war die Terrasse von Wespen bevölkert. In Scharen saßen sie auf den Speisen. Die weniger glücklichen Nachzügler summten neidisch ein paar Zentimeter über ihren Genossen – Feuerfliegen im bunten Licht der Feenbeleuchtung.

Edward lehnte die Leiter gegen die Hauswand. Nachdem er sich versichert hatte, daß alle seinen Heldenmut beobachteten, griff er rasch nach einem Stück Kuchen. Dann schraubte er den Deckel von der Dose und goß etwas Flüssigkeit darüber.

»Sie laufen am besten hoch in das Gästezimmer«, meinte er wichtigtuerisch zu Patrick. »Ich nehme an, das Nest ist genau über dem Badezimmerfenster.«

»Warum das?« Patrick war blaß geworden, und Greenleaf glaubte zu wissen, warum.

»Nun, ich werde Licht brauchen, oder?« Edward fühlte sich in seinem Element. »Und dann muß jemand mir das hier zureichen.« Er tat so, als wolle er seinem Gastgeber den vergifteten Kuchen in die Hand drücken.

»*Ich* werde auf die Leiter steigen«, sagte Patrick eisig.

Edward fing an zu argumentieren. Er war schließlich der Experte, oder? Hatte er nicht gerade eben bei sich mit Erfolg ein Nest ausgerottet?

»Ach, du liebe Güte«, sagte Tamsin. »Und das ist nun meine Geburtstagsparty.«

Am Ende marschierte Edward widerstrebend mit dem Köder ins Haus. Marvell hielt die Leiter fest, und als oben im Bad das Licht anging, begann Patrick die Leiter hinaufzusteigen. Die anderen verfolgten vom Rasen aus, wie er über den Dachrand spähte, sein Gesicht im Lichtschein weiß und angespannt. Dann rief er mit dem einzigen Anflug von Humor, den er sich an diesem Abend gestattete: »Ich hab's gefunden. Offensichtlich ist keiner zu Hause.«

»Schätze, die sind alle zu einer Party«, rief Edward. Entzückt, weil unten jemand gelacht hatte, reichte er Patrick den Kuchen hinauf. »Abendbrot«, meinte er dazu.

Greenleaf sah Oliver Gage neben sich stehen und wandte sich ihm zu, um einen Kommentar zu den Geschehnissen abzugeben, doch irgend etwas am Gesichtsausdruck des anderen hielt ihn ab. Gage starrte auf die Gestalt auf der Leiter, und seine schmalen roten Lippen glänzten feucht. Dazu ballte er seine Hände wieder und wieder zu Fäusten.

»Oh, sehen Sie, was passiert denn jetzt?« Nancy klammerte sich plötzlich an Greenleafs Arm und schaute erschrocken nach oben.

Patrick war heftig zurückgezuckt, er bog sich, so weit es ging, von der Hauswand weg, rief etwas. Dann sahen sie ihn zusammenfahren, die Schultern hochziehen und sein Gesicht mit dem freien Arm bedecken.

»Er ist gestochen worden«, hörte Greenleaf Gage mit ausdrucksloser Stimme sagen. »Geschieht ihm verdammt recht.« Er rührte sich nicht, und Greenleaf eilte nach vorn zu den anderen, die sich am Fuß der Leiter drängten. Drei Wespen umkreisten Patricks Kopf und hatten es offensichtlich auf seine geschlossenen Augen abgesehen. Einen Moment sahen sie ihn dort oben kämpfend, beide Arme in der Luft rudernd, das blinde Gesicht verzerrt. Dann verschwand Edward vom Fenster, und das Licht ging aus. Jetzt war Patrick nur noch eine Silhouette gegen den klaren, türkisfarbenen Abendhimmel. Greenleaf dachte an eine Marionette aus zerknülltem Papier, deren konvulsivisch zuckende Arme an unsichtbaren Fäden hingen.

»Komm runter«, rief Marvell.

»O Gott!« Patrick ließ eine Art Ächzen hören und schien zu kollabieren, wobei er gefährlich schwankte.

Jemand rief: »Er fällt!« Aber Patrick fiel nicht. Flach gegen die Leiter gepreßt, fing er an, abwärts zu rutschen. Seine Füße berührten jede Sprosse, tapp, tapp, tapp, flap, bis er in Marvells Armen landete.

»Alles okay?« fragten Marvell und Greenleaf gleichzeitig, und Marvell scheuchte eine Wespe fort, die sich auf Patricks Haar herabsenkte. »Sie sind weg. Bist du in Ordnung?«

Patrick antwortete nicht, schauderte nur und hob die Hand, um seine Wange zu bedecken. Hinter sich hörte Greenleaf Freda Carnaby wimmern – wie ein junger Hund, dachte er –, ansonsten war es totenstill. Im Licht der regenbogenfarbenen Lämpchen standen sie schweigend, wie die Menge beim Stierkampf, wenn ein verhaßter Matador verletzt wurde. Die Feindseligkeit war beinahe greifbar in der Stille.

»Komm mit!« Greenleaf hörte seine eigene Stimme wie eine Glocke klingen. »Wir wollen ihn ins Haus bringen.« Aber Patrick schüttelte seinen Arm ab und stolperte ins Eßzimmer.

Sie scharten sich um ihn, alle außer Marvell, der in die Küche gegangen war, um Kaffee zu machen. Patrick kauerte in einem Sessel und hielt sich ein Taschentuch ans Gesicht. Er war an verschiedenen Stellen gestochen worden, unter dem linken Auge, am linken Handgelenk, am Unterarm und am rechten Ellbogen, in die Höhlung, die Greenleaf *fossa cubitalis* nannte.

»Ein Glück, daß es nicht schlimmer ist«, murmelte Edward grämlich.

Patricks Auge begann bereits zuzuschwellen. Er schaute Edward finster an und sagte unhöflich: »Verziehen Sie sich!«

»Bitte, streitet euch nicht auch noch.« Keiner wußte, wie Freda sich auf den Platz zu Patricks Füßen geschmuggelt hatte, noch, wann sie seine Hand in die ihre genommen hatte. »Es ist so schon schlimm genug.«

»Also wirklich«, sagte Tamsin. »Solch ein Aufhebens! Entschuldigen Sie, ja? Vielleicht sollte mein Mann etwas frische Luft haben.«

Zum zweitenmal an diesem Abend sah Denholm Smith-King erst auf seine Uhr, dann auf seine Frau. »Also, ich glaube, wir gehen dann mal. Ihr könnt uns jetzt sowieso nicht gebrauchen.«

Marvell war zwar gerade mit dem Kaffee erschienen, aber Tamsin machte keine Einwände. Sie hielt Joan ungeduldig ihre Wange zum Abschiedskuß hin.

»Kaffee? Nancy? Oliver?« Sie überging die Carnabys, als seien sie Möbelstücke. Oliver, auf der äußersten Kante seines Stuhls hockend, lehnte kühl ab.

»Vielleicht sollten wir auch lieber gehen.« Nancy schaute hoffnungslos von einem ärgerlichen Gesicht zum anderen. »Habt ihr kein Bikarbonat im Haus? Es hilft wunderbar gegen Wespenstiche.«

»Komm jetzt, Nancy, los!« drängte Oliver. Er nahm Nancys Arm und zog sie brutal mit sich. Es sah beinahe so aus, als wolle er ohne ein weiteres Wort gehen, doch an der Tür hielt er inne und nahm Tamsins Hand. Ihre Blicke trafen sich, Tamsins wachsam, Olivers, wenn Greenleaf seine Einbildung nicht täuschte, voll flehentlicher Enttäuschung. Als Nancy sich mit dem obligaten Kuß verabschiedet hatte, folgte er ihr rasch, nachdem auch er ihre Wange mit einem jener sexlosen Stupser berührt hatte, die in Linchester zur allgemeinen Höflichkeit gehörten.

Als sie fort waren und die Gavestons, die Willises und die Millers sich ebenfalls verabschiedet hatten, ging Greenleaf zu Patrick hinüber. Er untersuchte das Auge und fragte ihn, wie er sich fühle.

»Lausig.«

Greenleaf goß ihm eine Tasse Kaffee ein.

»Soll ich lieber Dr. Howard bitten, Max?« Tamsin wirkte nicht mehr verängstigt oder aufgeregt, sondern nur noch verärgert.

»Ich glaube nicht.« Howard, das wußte er genau, war nicht beim Wochenendnotdienst eingetragen. Ein Vertreter würde kommen, und – wie der Zufall so spielt – dieser Vertreter konnte sehr gut er selbst sein. »Man kann sowieso nicht viel machen. Vielleicht ein Antihistamin. Ich gehe mal eben nach Hause und hole eins.«

Bernice und Marvell gingen mit ihm, aber er kam allein zurück. Die Carnabys waren immer noch da. Tamsin hatte die Tür für ihn offengelassen, und als er durch die Halle ging, hörte er keine Stimmen. Sie saßen schweigend herum, offensichtlich jeder mit seinem eigenen Verdruß beschäftigt. Freda war ein Stückchen von Patrick weggerückt und hatte sich Kaffee genommen.

Als sei seine Ankunft ein Stichwort, auf das sie gewartet hatte, sagte Tamsin scharf: »Ist es nicht Zeit, daß Sie gehen?« Sie sprach zu Edward, sah aber dabei Freda an. »Natürlich erst, wenn Sie ausgetrunken haben.«

»Ich wollte ganz sicher nicht *de trop* sein.« Edward errötete, aber er brachte sein mühsam erworbenes Französisch trotzig heraus. Freda blieb hölzern sitzen, bis Patrick ihr einen Schubs gab, einen scharfen, sadistischen Schubs, der ein Mal an ihrem Arm hinterließ.

»Lauf schon, sei ein braves Mädchen«, sagte er, und sie erhob sich gehorsam, wobei sie beim Aufstehen den Rock über die Knie zog.

»Gute Nacht«, sagte Patrick abrupt. Er drängelte sich an Edward vorbei und ignorierte das gemurmelte: »Wir wissen schon, wenn wir unwillkommen sind.« An der Tür sagte er zu Greenleaf: »Du kommst nach oben?« Und der Doktor nickte.

Als er kurz darauf hinter Tamsin in das Balkonzimmer trat, lag Patrick bereits im Bett, die Arme auf der Decke ausgestreckt. Blaue Pyjamaärmel bedeckten seine Wespenstiche.

Inzwischen war sein Gesicht beinahe nicht wiederzuerkennen. Die Wange war so angeschwollen, daß sie das Auge fast verdeckte. Er sieht eher aus, dachte Greenleaf, als habe er Mumps.

Queenie lag neben ihm, die Läufe zum Fußende hin ausgestreckt, die Schnauze in seiner Hand vergraben.

»Es wird dir zu warm werden, wenn er hier liegen bleibt«, sagte der Doktor.

»Es ist kein Er, es ist eine Hündin.« Tamsin legte die Hand an Queenies Halsband, und für einen Moment blitzte Patricks gesundes Auge auf. »Also gut, aber ich werde sowieso nicht schlafen. Ich fühle mich zum Kotzen.«

Greenleaf öffnete die Balkontüren. Die Luft war kühl, beinahe unverschämt frisch und belebend nach dem heißen Abend. Es gab keine Vorhänge in dem Raum, die einen Schläfer hätten beunruhigen können, nur die hygienisch-weißen Jalousien.

»Möchtest du etwas zum Einschlafen?« Vorsichtshalber hatte Greenleaf seine Tasche mitgebracht. Aber Tamsin ging schon zum Frisiertisch mit der langen schwarzen Glasplatte, die in cremefarben gemasertes Holz eingelassen war. Sie zog eine Schublade auf und tastete darin herum.

»Er hat diese hier«, sagte sie. »Letztes Jahr litt er unter böser Schlaflosigkeit, und Dr. Howard hat sie ihm verordnet.«

Greenleaf nahm ihr das Fläschchen aus der Hand. Sechs blaue Kapseln waren darin. Sodium Amytal, 200 Milligramm.

»Eine kann er nehmen.« Er schraubte den Deckel ab und schüttelte sich eine der Kapseln in die Handfläche.

»Eine nützt nichts«, sagte Patrick. Er hielt sich die Wange, um den Schmerz beim Sprechen zu lindern, und Tamsin, deren Spiegelbild hell und fahrig in den schwarzen Glastüren des Schrankes zu sehen war, nickte ernsthaft. »Er mußte immer zwei nehmen«, sagte sie.

»Eine.« Greenleaf wollte kein Risiko eingehen. Er machte seine Tasche auf und holte ein Röhrchen heraus. »Das Antihistamin wird dich zusätzlich beruhigen. Du wirst schlafen wie ein Bär.«

Patrick schluckte alles auf einmal und trank dazu aus einem Glas, das Tamsin ihm hinhielt. »Danke«, sagte er. Sie wartete, bis der Doktor seine Tasche zugemacht hatte, und legte die Tabletten in die ordentlich aufgeräumte Schublade zurück. Dann knipste sie das Licht aus und ging mit Greenleaf die Treppe hinunter.

»Bitte, bedank dich nicht für die reizende Party«, sagte sie, als sie unten in der Halle standen.

Greenleaf lachte in sich hinein. »Werde ich nicht«, meinte er.

Die Schwäne waren schon lange im Schilf am Rande des Teiches zur Ruhe gegangen. Aus dem Wäldchen zwischen Linchester und Marvells Haus ertönte ein Tierruf, ein Fuchs vielleicht oder eine Eule. Für Greenleaf hätte es beides sein können. Sein kurzer, gedrungener Körper warf im Mondlicht einen langen Schatten, als er The Green überquerte und zu seinem Haus namens Shalom ging. Er war plötzlich unsagbar müde.

Marvell dagegen war hellwach. Langsam schritt er durch den Wald nach Hause, streckte von Zeit zu Zeit die Hand aus, um im Dunkel die feuchten, bemoosten Baumstämme zu berühren. Der Wald war voller Geräusche, fremdartige, raschelnde, flüsternde Geräusche, die den Doktor alarmiert hätten. Marvell kannte sie seit seiner Kindheit, das Traben des Fuchses – Quorn Country war nicht weit –, das sanfte Rascheln dürrer Blätter, wenn eine Grasschlange sich darüber hinschlängelte. Es war sehr dunkel, aber die Dunkelheit war nicht vollkommen. Jeder Baum war für ihn noch ein graues Hinweisschild; Blätter berührten sein Gesicht, er fühlte sie kühl und sauber an seiner Wange. Als er aus dem Wald trat und in die Long Lane einbog, hörte er von fern den Schrei des Ziegenmelkers und seufzte tief.

Im Haus zündete er eine seiner Öllampen an und ging, wie er es allabendlich vor dem Zubettgehen tat, von Zimmer zu Zimmer, um seine Schätze zu betrachten. Das Porzellan glänzte, reflektierte selbst das schwache Licht. Einen Augenblick lang hielt er die Lampe vor das Mezzotintoblatt von Rievaulx. Der Anblick rief ihm seine eigene Arbeit über eine andere Zisterzienserabtei in Erinnerung. Er stellte die Lampe am Fenster ab und setzte sich mit seinem Manuskript hin – nicht um zu schreiben, dazu war es schon zu spät, aber um zu lesen, was er tagsüber geschrieben hatte.

Rot und Weiß am Fenster. Die Blätter des russischen Weins glichen Schneeflocken und daneben wie Tropfen scharlachroten Wachses Berberidopsis, blutrot und mit diesem absurden Namen! Das Mondlicht traf sich mit dem Lampenlicht, und etwas schien sein Herz zu durchbohren.

Motten, angezogen von dem Licht, kamen bald zum Gitterfenster, und eine kohlschwarze – Marvell erkannte sie als Schornsteinfeger – flatterte durch den offenen Fensterflügel herein. Sie wurde gefolgt von einer größeren, grau-weißen, deren Flügel mit sanftem Filigran, Schwanendaunen en miniature, gezeichnet waren. Marvell sah ihnen einen Augenblick lang zu, wie sie die Lampe umflatterten. Dann, voller Angst, sie könnten ihre Flügel versengen, fing er sie ein, indem er aus seinen Händen einen Käfig formte, und warf sie aus dem Fenster.

Sie schraubten sich in die Höhe, von gelblichem in silbriges Licht. Er schaute – und schaute noch einmal. Da war jemand im Garten. Ein ebenfalls mottengleicher Schatten bewegte sich im Obstgarten. Er wischte den schwarzweißen Flügelstaub von seinen Händen und lehnte sich hinaus, um zu sehen, wer ihn um diese mitternächtliche Stunde mit einem Besuch beehrte.

7

Am Sonntag morgen stand Greenleaf um acht Uhr auf, machte ein paar gymnastische Übungen, die er seinen Patienten zur Verringerung des Taillenumfanges zu empfehlen pflegte, und nahm ein Bad. Um neun hatte er bereits einen Blick in den *Observer* geworfen und Bernice eine Tasse Kaffee ans Bett gebracht. Dann setzte er sich hin, um an seine beiden Söhne im Internat zu schreiben.

Es war unwahrscheinlich, daß ihn heute ein Patient rufen würde. Sein Sonntagsdienst war am vergangenen Wochenende gewesen, und er hatte vor, sich einen faulen Tag zu machen. Gegen zehn erschien Bernice, und sie frühstückten gemütlich, redeten über die Jungen und das neue Auto, das gerade rechtzeitig geliefert würde, um damit die beiden in die Ferien nach Hause zu holen. Nach einer Weile gingen sie mit ihren Kaffeetassen in den Garten hinaus. Sie waren noch nahe genug beim Haus, um das Telefon klingeln zu hören, aber als es tatsächlich klingelte, ließ Greenleaf Bernice abnehmen, denn er wußte, es konnte nicht für ihn sein.

Doch statt sich zu einem ausgedehnten Schwätzchen niederzulassen, kam Bernice mit einem höchst merkwürdigen Gesichtsausdruck herausgelaufen. Das war ungewöhnlich; denn seine Frau bewegte sich selten so hastig.

»Es ist Tamsin, Lieber«, sagte sie. »Sie möchte dich sprechen.«

»Mich?«

»Sie ist ziemlich aufgelöst, fürchterlich, aber mir

wollte sie nichts sagen. Sie meinte nur, ich will Max sprechen.«

Greenleaf ging an den Apparat.

»Max? Hier ist Tamsin.« Zum erstenmal, seit er sie kannte, war ihr affektierter, gedehnter Akzent verschwunden. »Ich weiß, daß ich euch deswegen eigentlich nicht stören sollte, aber ich kann Dr. Howard nicht erreichen.« Sie hielt inne, und er hörte sie einatmen, als rauche sie eine Zigarette. »Max, ich kriege Patrick nicht wach. Er ist so entsetzlich kalt, und ich habe ihn schon geschüttelt, aber ... er wacht nicht auf.«

»Wann war das?«

»Eben, gerade eben. Ich hatte verschlafen und bin eben erst aufgestanden.«

»Ich bin gleich bei dir«, sagte Greenleaf.

Sie murmelte etwas wie: »Wirklich nett!« Dann hörte er, wie der Hörer aufgelegt wurde.

Er holte seine Tasche und nahm die Abkürzung über die Wiese. Auf den ersten Blick schien klar, was geschehen war. Patrick hatte seine Schmerzen mit einer weiteren Schlaftablette lindern wollen. Ich hätte die verdammten Dinger mitnehmen sollen, sagte sich Greenleaf. Aber er konnte die Patienten eines Kollegen schließlich nicht bevormunden. Howard hatte die Tabletten verschrieben, und sie waren harmlos genug. Außer? Sicher war Patrick nicht so unklug gewesen, noch *zwei* weitere zu schlucken? Greenleaf beschleunigte seine Schritte und fiel in eine Art Trab. Patrick war ein junger und offensichtlich gesunder Mann, aber trotzdem, drei ... Und dazu das Antihistamin. Angenommen, er hatte die ganze Flasche geleert?

Sie erwartete ihn an der Schwelle, als er die Auffahrt zu Hallows hinaufrannte, und sie hatte sich nicht die Mühe gemacht, sich anzuziehen. Da sie ihr Gesicht nie zurechtmachte und das Haar immer glatt herunterhängend trug, hatte sie nicht das triste, ungekämmte Aussehen der meisten Frauen, die ihn in einer Notsituation empfingen. Ihr schlichter, teurer Morgenmantel aus längsgestreifter Baumwolle war rosa-weiß und hatte eine kleine, makellos weiße Schleife am Hals. An den Füßen trug sie silberne Riemensandaletten. Sie wirkte aufgescheucht und sehr jung in ihrer Angst.

»Oh, Max, ich wußte einfach nicht, was ich tun sollte.«

»Schläft er noch?«

»Er ist so weiß und still und – und irgendwie so schwer.«

Greenleaf ging rasch die Treppe hinauf und redete währenddessen über die Schulter hinweg mit ihr.

»Also gut. Komm nicht mit hoch. Mach inzwischen Kaffee. Stark und schwarz.«

Sie verschwand in der Küche, und Greenleaf betrat das Schlafzimmer. Patrick lag auf dem Rücken, den Kopf in einem merkwürdigen Winkel verdreht. Sein Gesicht sah immer noch verschwollen aus, und die Arme auf der Bettdecke waren ebenfalls etwas angeschwollen und weiß, nicht mehr rot. Greenleaf kannte diesen Farbton, die gelbliche Elfenbeinfarbe von Pergament und diese wächserne Konsistenz der Haut.

Er nahm eine Hand hoch, und ihm fiel ein, was Tamsin über dies schwere Gefühl gesagt hatte. Dann hob er Patricks Augenlider an und drückte sie wieder zu. Er seufzte tief. Den Puls zu fühlen und den Herzschlag zu kontrollieren war nur eine Farce gewesen. Er hatte es gewußt, als er den Raum betrat. Tote wirkten immer so tot, als seien sie nie lebendig gewesen.

Er ging hinaus zu Tamsin. Sie kam gerade die Treppe herauf, den Hund immer direkt hinter sich.

»Tamsin, komm mit hier herein.« Er öffnete die Tür zu dem Zimmer, in dem sie gestern abend alle das Gemälde angeschaut hatten. Eines der Betten war benutzt, die Decke zurückgeschlagen.

»Möchtest du dich hinsetzen?«

»Kannst du ihn nicht aufwecken?«

»Es tut mir leid ...« Er war ein Freund, und so legte er ihr die Arme um die Schultern. »Du mußt dich auf einen Schock gefaßt machen.« Sie schaute ihn an. Es war ihm nie vorher aufgefallen, wie riesig ihre Augen waren, von welch eigenartiger Farbe, wie durchsichtiger Bernstein. »Ich muß dir leider sagen, daß Patrick tot ist.«

Sie schrie nicht auf, sie fing auch nicht an zu weinen. Die Farbe ihrer glatten braunen Haut veränderte sich nicht. Sie lehnte sich gegen das Kopfende des Bettes und blieb still sitzen, als sei auch sie tot. Es war, dachte Greenleaf, als wenn in diesem Moment ihr ganzes Leben mit Patrick noch einmal an ihr vorüberzog. Schließlich erschauerte sie und senkte den Kopf.

»Was war es denn?« Er mußte sich vorbeugen, um ihre Worte zu verstehen. »Ich meine, woran ist er gestorben?«

»Ich weiß es nicht.«

»Die Wespenstiche?«

Greenleaf schüttelte den Kopf.

»Ich möchte dich jetzt nicht aufregen«, sagte er sanft. »Aber diese Kapseln, das Schlafmittel, wo ist es?«

»In der Schublade, ich werde es holen.«

Er folgte ihr in das andere Schlafzimmer. Sie sah Patrick an. Immer noch keine Tränen. Greenleaf erwartete beinahe, daß sie die wächserne Stirn küssen würde, das taten die Hinterbliebenen gewöhnlich. Aber sie wandte sich ab und ging zum Frisiertisch. Da zog er das Bettuch über Patricks Gesicht.

»Es sind immer noch fünf drin«, sagte sie und hielt ihm die Flasche hin. Greenleaf war sehr überrascht. Er fühlte ein Unbehagen in sich hochsteigen.

»Ich werde Dr. Howard benachrichtigen«, meinte er.

Howard spielte Golf. Mrs. Howard versprach, im Club anzurufen und ihren Mann herüberzuschicken. Als Greenleaf ins Eßzimmer kam, kniete Tamsin auf dem Fußboden, die Arme um den Hals des Weimaraners geschlungen. Sie weinte.

»Oh, Queenie, oh, Queenie!«

Der Raum sah noch genauso aus, wie sie ihn letzte Nacht verlassen hatten. Die Getränke auf dem Sideboard und draußen auf der Terrasse Platten mit Sandwiches und Kuchen, vertrocknetes Brot, zerlaufene Sahne, harte Brötchen auf Tortenspitze. Auf dem Geburtstagstisch lagen zwischen anderen Geschenken noch Marvells Rosen. Sonntagstauperlen glitzerten auf den Blättern. Greenleaf goß Cognac in ein Glas und reichte es Tamsin.

»Wie lange ist er schon tot?« wollte sie wissen.

»Eine ganze Weile«, erwiderte Greenleaf. »Stunden. Vielleicht zehn oder zwölf. Natürlich warst du noch mal bei ihm, bevor du ins Bett gegangen bist?«

Sie hörte auf zu weinen. »O ja«, sagte sie.

»Es spielt keine Rolle. Ich möchte dich nicht beunruhigen.«

»Das ist schon in Ordnung, Max. Ich würde gern darüber reden.«

»Du hast nicht im selben Zimmer geschlafen?«

»Nein. Wenn einer von uns krank war, haben wir das

nie getan«, sagte sie rasch. »Ich dachte, falls er unruhig wird, wäre es besser, ich gehe ins Gästezimmer. Unruhig!« Sie fuhr sich mit der Hand über die Stirn. »Es ist entsetzlich, Max!« Sie sprach in kurzen, abgehackten Sätzen, als habe sie eine Aussage zu machen. »Ich versuchte noch, das Chaos im Garten zu beseitigen, aber ich war zu müde. Dann ging ich nach Patrick sehen. Das muß ungefähr um Mitternacht gewesen sein. Er schlief. Ich weiß, daß er schlief, denn er atmete. Ja, und dann bin ich auch ins Bett gegangen. Ich war so entsetzlich müde, Max. Und ich bin nicht aufgewacht bis elf. Ich rannte zu Patrick, weil ich gar nichts hörte. Queenie war in der Nacht zu mir heraufgekommen.« Ihre Hand suchte den Hals des Hundes, und sie grub ihre Finger in das samtige Fell. »Ich bekam ihn nicht wach, also rief ich Dr. Howard an. Den Rest kennst du.«

Patrick war gestorben, ging es Greenleaf durch den Kopf, wie er gelebt hatte: sauber, ordentlich, präzise, ohne Chaos. Das sentimentale Elend, üblich an so vielen Totenbetten, war nicht seine Sache. Aus einem milden Unwohlsein war er hinübergeglitten, aus dem Schlaf in den Tod.

»Tamsin«, sagte er langsam und freundlich. »Gibt es im Haus noch andere Schlafmittel? Hast du vielleicht welche?«

»O nein! Nein! Ich weiß genau, daß wir sonst keine haben. Patrick hatte nur diese sechs Stück übrig, und ich brauche niemals etwas zum Einschlafen.« Sie fügte unnötigerweise hinzu: »Ich schlafe wie ein Murmeltier.«

»Hatte er ein schwaches Herz? Hast du jemals etwas von Herzbeschwerden bei ihm bemerkt, oder hatte er früher damit zu tun?«

»Ich glaube nicht. Wir waren sieben Jahre verheiratet, aber ich kannte Patrick schon als kleinen Jungen. Ich weiß nicht, ob dir bekannt ist, daß wir Cousin und Cousine waren. Unsere Väter waren Brüder.«

»Keine ernsthaften Erkrankungen?«

Ein Schatten von Ungeduld flog über ihr Gesicht. »Er ist in Deutschland geboren«, sagte sie. »Dann, als der Krieg kam, lebten sie in Amerika. Nachdem sie hierher zurückgekommen waren, besuchten sie uns gelegentlich. Patrick war schrecklich verwöhnt, verhätschelt eigentlich. Er mußte sogar im Sommer dick vermummt herumlaufen, und als ich Schwimmunterricht hatte, durfte er nicht mitgehen. Ich dachte immer, es wäre, weil sie so lange in Kalifornien gelebt haben.« Sie hielt stirnrunzelnd inne. »In seinem ganzen Erwachsenenleben war er nie ernsthaft krank, und Dr. Howard hat er nur ein einziges Mal aufgesucht, als er nicht schlafen konnte.«

»Ich denke, du wirst dich auf eine gerichtliche Untersuchung gefaßt machen müssen«, sagte Greenleaf. »oder zumindest auf eine Obduktion.«

Sie nickte ernst.

»Oh, sicher«, sagte sie. »Ich verstehe. Das ist schon in Ordnung.« Ihr Tonfall war völlig sachlich, ebenso hätte sie der Verschiebung eines Termins zustimmen können.

Danach saßen sie sich eine Weile schweigend gegenüber und warteten auf Dr. Howard. Der Weimaraner lief die Treppe hinauf, und sie hörten ihn an der geschlossenen Tür zum Balkonzimmer kratzen.

Es kam dann doch nicht zu einer gerichtlichen Untersuchung von Patrick Selbys Tod. Greenleaf wohnte der Obduktion bei, weil es ihn interessierte und weil er mit den Selbys befreundet war. Patrick war, wie viele Menschen, an Herzversagen gestorben. Die Todesurkunde wurde unterschrieben, und am darauffolgenden Donnerstag fand die Beerdigung statt.

Greenleaf und Bernice gingen zu der Trauerfeier und nahmen Marvell in Bernices Auto mit.

»Selig sind die Toten«, predigte der Pfarrer mit einer Spur Sarkasmus, »die im Geiste des Herrn sterben.« Patrick war, seit er in Linchester wohnte, nicht einmal in der Kirche gewesen.

Patricks Eltern lebten nicht mehr; Tamsin war seit ihrem vierten Lebensjahr Waise. Sie waren beide Einzelkinder. Folglich standen keine Verwandten am Grab. Außer den Nachbarn kamen nur drei Freunde, um der Witwe beizustehen: die beiden anderen Direktoren aus Patricks Firma, der Glashütte, und die alte Mrs. Prynne.

Tamsin trug ein schwarzes Kleid und einen überdimensionalen Hut aus glänzendschwarzem Stroh. Während des Gottesdienstes klammerte sie sich an Oliver Gages Arm. Zu ihrer Linken saß Nancy, der es in ihrem graphitfarbenen Wollkleid – eine Anschaffung für ihre Hochzeitsreise im Februar – viel zu warm war, und hielt ein Taschentuch bereit. Doch sie mußte es Tamsin nicht reichen, die saß aufrecht und mit trockenen Augen.

Nur als der Sarg in die Erde gesenkt wurde, ereignete sich ein kleiner Zwischenfall. Freda Carnaby riß sich von Mrs. Staxtons Arm los und fiel laut schluchzend neben dem offenen Grab auf die Knie. Wie er später Greenleaf gegenüber äußerte, dachte Marvell, sie würde wie Hamlet hineinspringen. Aber es geschah nichts Dramatisches. Mrs. Staxton half Freda auf und zog sie mit sich fort.

Als alles vorbei war, warf Tamsin zwei Koffer auf den Rücksitz ihres schwarz-weißen Mini und fuhr, mit Queenie auf dem Beifahrersitz, zu Mrs. Prynne.

Zweiter Teil

8

Zwei Tage später schlug das Wetter mit einem lautstarken und spektakulären Gewitter um. Dabei kam ein Mann ums Leben, der auf dem Golfplatz von Chantflower unter einem Baum Schutz gesucht hatte. Da das Ereignis mit dem Beginn der Sauregurkenzeit zusammenfiel, ging es durch die gesamte nationale Presse. Für die durch den unaufhörlichen Regen ans Haus gefesselten Hausfrauen Linchesters war es tagelang Gesprächsthema Nummer eins – bis etwas Persönlicheres und Sensationelleres seinen Platz einnahm.

Die jungen Macdonalds waren mit ihrem Baby nach Bornemouth gefahren; die Willises und die Millers, die sich als ideale Nachbarn und Freunde zusammengefunden hatten, kreuzten gemeinsam zwischen den Kanarischen Inseln. Tamsin war noch immer fort. Das bedeutete vier leerstehende Häuser in Linchester, und Nancy langweilte sich fast zu Tode. Folglich waren Olivers Abende verplant, wenn er müde und unausgeglichen am Wochenende nach Hause kam.

Heute waren die Greenleafs und Crispin Marvell zu Kaffee und Drinks eingeladen. Als er sein Barfach im Sideboard aufmachte, sah Oliver, daß Nancy einen billigen zyprischen Sherry eingekauft hatte, dazu Flaschen voller Fertigcocktails, so bunt wie die gefärbten Wässerchen, die ihn früher in den Schaufenstern altmodischer Apotheken fasziniert hatten. Er fluchte und dachte an längst vergangene Zeiten.

Der Kaminsims war mit Postkarten dekoriert. Den Ehrenplatz hatte Nancy einem pfauenblauen Panorama von Clare Miller eingeräumt und dafür zwei schwarzweiße Seelandschaften hinter eine Vase verbannt.

Gereizt las er Sheila Macdonalds fröhliches Gekritzel. Tamsin war auch an der See, aber Tamsin hatte keinen Gruß geschickt …

Von seinem Platz aus starrte er gedankenverloren in den Regen hinaus. In der Küche plauderte Nancy mit Linda Gaveston. Gelegentlich tönten einzelne Worte klar, wenn auch unzusammenhängend, aus dem Geplapper herüber.

»Echt ätzend, hab ich gesagt« oder »Was meinst du dazu, Püppi?« bildeten einen Gegensatz zu Nancys begeistertem: »Du bist unmöglich, Linda.«

Oliver grunzte und zündete sich eine Zigarette an. Diese Besuche Lindas, angeblich um Nancys bestellte Tabletten, Seifen oder Kleenex ins Haus zu bringen, versetzten ihn jedesmal in schlechte Laune. Sie führten aber ebenso unweigerlich zu Verdrießlichkeit bei Nancy, zu Unzufriedenheit und nagendem Neid. Immer wieder verblüffte es Oliver, wie es Waller als Dorfdrogist schaffte, eine solch immense und umfassende Auswahl an Luxusartikeln auf Lager zu halten. Seiner Frau erschienen sie leider alle irgendwann erstrebenswert und wirkten sich so ziemlich verheerend auf ihr Sparprogramm aus. Ob es nun das Neueste an Thermoskannen, automatischen Teemaschinen, thermostatisch geregelten Wärmedecken oder Duschkabinen war, Waller hatte Nancy in dem Jahr, das sie nun schon in Linchester lebten, eins nach dem anderen empfohlen, und alles war von ihr als höchst begehrenswert eingestuft worden.

»Auf lange Sicht gesehen wäre es wirklich eine riesige Ersparnis«, pflegte sie sehnsüchtig von irgend so einem neuen Knüller zu behaupten und dabei in den Vorortslang zu verfallen, den Oliver so haßte.

Darüber hinaus war es ebenso erstaunlich, daß sich die teuersten Kosmetikserien aus Paris und New York hinter Wallers Ladentisch ein Stelldichein gaben; Parfums und Cremes, die offensichtlich exklusiv von ihm geführt wurden und auch in Nottingham oder sogar in London nicht zu haben waren. Er war deshalb angenehm überrascht, als die Tür schließlich hinter Linda ins Schloß gefallen war und Nancy in den Raum getanzt kam, zufrieden, fröhlich und auf eine sehr befremdliche Art und Weise übermütig.

»Was ist denn in dich gefahren?«

»Nichts.«

»Für eine arme, gottverlassene und ans Haus gefesselte Kinderbraut siehst du sehr ausgeglichen aus«, meinte er und rief sich frühere Tiraden ins Gedächtnis.

In der Tat wirkte sie richtig hübsch in ihrem Rock aus den Flitterwochen und dem pinkfarbenen Pullover – zur Abwechslung nicht handgestrickt – aus einem feinen, flauschigen Material, das Olivers Blick fesselte und ihn daran erinnerte, daß seine Frau immerhin eine ausgezeichnete Figur hatte. Aber seine scharfen, schlechtgelaunten Worte hatten die Offenheit in ihrem Gesichtsausdruck schon in Geheimnistuerei verwandelt.

»Linda hat mir etwas sehr Merkwürdiges erzählt.«

»Wirklich?« sagte er. »Laß hören!«

Sie zog einen Flunsch.

»Nicht, wenn du so mit mir redest.« Einen Augenblick, einen flüchtigen Augenblick lang sah sie genauso aus wie damals, als er sie zum erstenmal gesehen hatte, beim Tanzen mit dem Mann, mit dem sie verlobt gewesen war. Es hatte ihm ungeheuren Spaß gemacht, sie ihm auszuspannen. Es war besonders pikant, weil dieser Verlobte gleichzeitig Shirleys Cousin war. »Böser Oliver! Ich werde mir alles aufheben, bis die Greenleafs da sind.«

»Ich sehe schon«, meinte Oliver in seiner einschmeichelndsten Komplicenstimme. »Ich sehe, ich muß sehr, sehr nett zu dir sein.«

»Sehr, sehr nett«, wiederholte Nancy und setzte sich kichernd neben ihn aufs Sofa. »Oliver – du bist ja schlimm, das muß die Landluft sein.« Aber danach sagte sie nichts mehr, und bald vergaß Oliver alles, was mit Linda Gaveston zusammenhing.

Als Marvell klingelte, machte sie sich nicht einmal die Mühe, ihre Frisur in Ordnung zu bringen oder ihr Make-up aufzufrischen. Etwas von einer Bacchantin umgab sie, exhibitionistisch, urweiblich. Oliver kam sich plötzlich alt vor. Ihre Naivität berührte ihn peinlich. Er ging, um Drinks aus seinem eigenen Vorrat zu holen, und ließ die farbenprächtigen Flaschen im Sideboard stehen.

Greenleaf und Bernice hatten sich kaum gesetzt, als Nancy fröhlich fragte: »Hat jemand was von Tamsin gehört?«

Keiner hatte etwas gehört, und Oliver kam es vor, als schaue ihn Marvell forschend an.

»Wahrscheinlich ist ihr nicht nach Schreiben zumute.« Bernice hatte eine stets freundliche, verständnisvolle Art. »So eng befreundet sind wir ja nicht mit ihr.«

»Außerdem, was sollte sie schon schreiben«, fügte Greenleaf hinzu. »Sie macht ja keinen Urlaub.« Und dann fing er an, über seine eigenen Ferien zu reden, die dieses Jahr für September geplant waren. Dabei erkundigte er sich, was die Gages denn vorhätten.

Urlaub war ein wunder Punkt bei Oliver, der hoffte, ohne auszukommen. Er hätte sich keine Gedanken zu machen brauchen. So schnell ließ Nancy ihr Thema nicht aus den Klauen.

»Arme Tamsin«, sagte sie laut und übertönte damit die Stimme des Doktors. »Man stelle sich mal vor, siebenundzwanzig und schon Witwe.«

»Schrecklich«, stimmte Bernice zu.

»Und unter solch – nun eigenartigen – Umständen.«

»Eigenartige Umstände?« fragte Greenleaf, der sich jäh aus seinen Riviera-Träumen gerissen fühlte.

»Ich meine nicht geldmäßig.« Oliver schrie innerlich auf bei dem Ausdruck, aber Nancy fuhr ungerührt fort: »Diese ganze Sache mit Patricks plötzlichem Tod war doch schon sehr merkwürdig. Ich nehme an, Sie glauben jetzt alle, ich sei sehr mißtrauisch, aber ich kann mir nicht helfen, ich muß einfach ...« Sie machte eine effektvolle Pause und nippte an ihrem Gin. »Nun, es war doch etwas faul an der Sache, oder?«

Greenleaf sah zu Boden. Die Beine seines Stuhls hatten sich in einem der Numdah-Läufer verheddert. Er beugte sich hinunter und zog den Teppich gerade.

»Ich weiß nicht, ob ich das sagen sollte«, redete Nancy weiter. »Es ist wohl allgemein bekannt, daß Patricks Vater ...« Sie senkte die Stimme. »Patricks Vater hat Selbstmord begangen. Sich das Leben genommen.«

»Ach du liebe Güte«, meinte Bernice ergriffen.

»Ich weiß gar nicht mehr, wer mir das eigentlich erzählt hat.« Nancy nahm eine Platte mit Kanapees und reichte sie Marvell. Oliver bemerkte schamerfüllt, daß nur eine halbierte Cocktail-Zwiebel auf jedem der Sandwiches mit Lachsmayonnaise lag. »Sie nehmen doch einen Appetithappen, ja?«

Marvell lehnte dankend ab. Die Platte schwebte sozusagen in der Luft.

»Irgend jemand hat es mir gesagt, jetzt frage ich mich nur, wer?«

»Ich war das«, sagte Oliver in scharfem Ton.

»Natürlich, du warst es. Und dir hat es Tamsin erzählt. Ich kann mir absolut nicht vorstellen, warum.«

In ihrer kindlichen Unschuld sah sie spitzbübisch von einem zum anderen.

Marvell meinte schließlich: »Tut mir leid, wenn ich vielleicht etwas begriffsstutzig bin, aber ich verstehe nicht ganz, was der Selbstmord von Patricks Vater mit dem Tod seines Sohnes durch Herzversagen zu tun hat.«

»Oh, absolut gar nichts. Überhaupt nichts. Sie dürfen nicht denken, daß ich da irgendwas über Patrick andeuten will. Dieser Selbstmord ist nur einer der eigenartigen Begleitumstände. Für sich allein wäre er nicht von Bedeutung.«

Oliver leerte sein Glas und stand auf. Er hätte Nancy kaltlächelnd eine runterhauen können. »Ich glaube, wir langweilen unsere Gäste«, sagte er, legte den Arm um seine Frau und versuchte, seiner Stimme einen lockeren Klang zu geben. »Noch einen Drink, Max? Bernice?« Marvells Glas war noch voll. »Und was ist mit dir, Schatz?«

»Also wirklich.« Nancy fing an zu lachen. »Du brauchst doch nicht so schrecklich diskret zu sein. Wir sind hier unter Freunden, und durch diese vier Wände dringt nichts nach außen.«

Oliver merkte, wie er wütend wurde. Diese Leute

waren diskret. Und überhaupt. Würde es seine Karriere ruinieren, ihn als Mitglied der Gesellschaft unmöglich machen, wenn er hier vor ihnen allen Nancy anbrüllte, schlug und aus dem Zimmer warf?

Er starrte sie an und goß dabei abwesend Sherry ein, bis das Glas überlief und sich eine Lache auf der Tischplatte bildete.

»Verdammt«, sagte er.

»Oh, der schöne Tisch.« Bernice war schon neben ihm und wischte mit einem winzigen Ziertaschentuch herum.

»Linda Gaveston war heute hier«, sagte Nancy. »Sie hat mir etwas sehr Merkwürdiges erzählt. Nein, ich werde nicht still sein, Oliver. Ich wiederhole es nur, weil mich die Meinung eines Mediziners dazu interessiert. Ihr kennt doch den komischen kleinen Mann, Handelsvertreter oder so was, der in den Chalets wohnt?«

»Carnaby«, warf Marvell ein.

»Richtig, Carnaby. Der, der so schwierig war bei der Party. Also, am Tag vor Patricks Tod war der in Wallers Laden, und was meint ihr, was er kaufen wollte?« Sie wartete auf Vorschläge, die niemand machte. »Zyankali! Das wollte er.«

Greenleaf schob die Unterlippe vor. Sie waren erst eine halbe Stunde hier, aber er begann sich zu fragen, wann er Bernice wohl vorschlagen konnte, nach Hause zu gehen. Sein Drink schmeckte dünn. Zum erstenmal, seit er als gutes Beispiel für seine Patienten das Rauchen aufgegeben hatte, sehnte er sich nach einer Zigarette.

»Waller würde niemals Zyankali verkaufen«, meinte er schließlich.

»O nein«, sagte Nancy triumphierend, »er hat es nicht getan. Aber das ist nicht das Ausschlaggebende, oder? Carnaby wollte Zyankali, und vielleicht hat er es doch irgendwo bekommen ...«

Sie holte tief Luft. »Irgendwo anders«, fügte sie mit finsterem Nachdruck hinzu. »Und jetzt frage ich, wozu hat er das gebraucht?«

»Wahrscheinlich, um Wespen damit zu vernichten«, sagte Marvell trocken. »Es ist ein altes Hausmittel.«

Nancy sah enttäuscht aus.

»Linda hat das Gespräch mitbekommen«, meinte sie. »Und das ist genau das, was dieser Carnaby gesagt hat. Er wollte es gegen die Wespen. Linda fand diese Erklärung ganz schön fadenscheinig.«

Olivers Faustschlag auf den Tisch ließ alle hochfahren.

»Linda Gaveston ist eine dumme kleine Klatschtante«, sagte er wütend.

»Ich nehme an, das gilt dann auch für mich?«

»Das habe ich nicht gesagt«, erwiderte Oliver, zu wütend, als daß es ihn ernstlich gekümmert hätte. »Aber wenn du dir den Schuh anziehst ... Ich hasse all dies Hintenrumgerede. Wenn du sagen willst, daß Edward Carnaby Patrick Zyankali verabreicht hat, dann sag es geradeheraus.« Er stürzte einen Schluck Whisky hinunter und verschluckte sich. »Andererseits läßt du es vielleicht doch lieber. Ich möchte kein Verfahren wegen übler Nachrede an den Hals kriegen.«

»Aus diesem Kreis wird nichts hinausgetragen. Aber überhaupt, es ist meine Pflicht als Bürger, zu sagen, was ich denke. Jeder weiß doch, daß Edward Carnaby ein wunderbares Motiv hatte, Patrick aus dem Weg zu räumen.«

Ein entsetztes Schweigen folgte. Nancy war rot geworden, und ihre vollen Brüste hoben und senkten sich unter der anliegenden grellrosa Wolle.

»Ihr seid alle ganz verrückt nach Tamsin. Ich weiß das. Aber Patrick war es nicht. Er mochte sie kein bißchen. Er hatte ein Verhältnis mit dieser schrecklichen kleinen Freda. Abend für Abend war er bei ihr, immer wenn ihr Bruder zu seinen Kursen ging. Seinen großen Hund hat er draußen am Tor angebunden, ja. Ach, es war einfach eine gemeine, miese kleine Affäre.«

Genau wie Oliver hätte Greenleaf ihr gerne Einhalt geboten. Er war deshalb unermeßlich dankbar für Bernices volles, klärendes Lachen.

»Wenn es nur ein kleines Verhältnis war«, sagte sie leichthin, »dann kann es doch nicht so wichtig gewesen sein, oder?«

Einen Moment lang erlaubte Nancy Bernice, ihre Hand zu halten. Dann riß sie sich los.

»Sie sind Zwillinge, nicht? Das heißt eine ganze Menge, wenn man ein Zwilling ist. Er wollte sie nicht verlieren. Patrick hätte ja mit ihr wegziehen können.«

Aber die Spannung hatte sich gelöst. Marvell, der ein Buch aus dem Regal genommen hatte und es studierte, als sei es eine kostbare Erstausgabe, entspannte sich und lächelte. Oliver war zum Plattenspieler hinübergegangen, die Zornesröte war aus seinem Gesicht gewichen.

»Und, was meint Max dazu?« fragte Nancy.

Wie weise von Bernice, leicht zu lachen und ihn dabei nicht anzusehen! Greenleaf hatte wirklich nicht vor, es wie Smith-King zu machen und beim ersten Anzeichen von Ärger die Flucht zu ergreifen. Zudem hatte Oliver einige gute Schallplatten, Bartók und dann diesen wundervollen Donizetti, den er gern noch einmal hören wollte.

»Wissen Sie«, sagte er mit leiser und sanfter Stimme. »Es ist erstaunlich, wie die Leute immer das Schlimmste erwarten, wenn ein Mensch in jungen Jahren stirbt. Sie wollen dann gleich ein Geheimnis dahinter sehen.« Er fragte sich, ob Bernice und auch Marvell bemerkten, wie die Bestürzung seinen kehligen Akzent durchklingen ließ. »Das wirkliche Leben ist nicht so sensationell.«

»Geschichten sind also merkwürdiger als das Leben«, murmelte Marvell.

»Ich kann Ihnen versichern, daß Patrick Selby nicht an einer Zyankalivergiftung gestorben ist. Wissen Sie, von allen Giften, die in Mordfällen benutzt werden, ist es am leichtesten nachzuweisen. Da ist schon mal der Geruch ...«

»Bittermandel«, unterbrach Nancy.

Greenleaf lächelte ein Lächeln, das nicht von Herzen kam.

»Das unter anderem. Es ist einfach absurd, von Zyankali zu reden.« Er gestikulierte ausdrucksvoll. »Nein, bitte!«

»Gut, was glauben Sie also wirklich?«

»Ich glaube, daß Sie ein sehr hübsches Mädchen mit einer sehr lebhaften Phantasie sind und daß Linda Gaveston zu viel fernsieht. Ob ich wohl noch etwas von Ihrem hervorragenden Whisky haben könnte, Oliver?«

Oliver nahm ihm dankbar das Glas ab. Er sah aus, als hätte er Greenleaf mit Wonne die ganze Flasche in die Hand gedrückt.

»Musik?« Damit legte er dem einsichtigen Marvell einen Stapel Platten hin.

»Können wir Händel hören?« fragte Marvell höflich. Nancy zog ein Gesicht und warf sich auf die Kissen.

Der stetig fallende Regen hatte während des ganzen Gesprächs eine monotone Begleitmusik geliefert.

Jetzt, als sie schwiegen, füllten die Klänge der Suite vom Getreuen Hirten den Raum. Greenleaf lauschte dem Orchester und notierte die Wiederholungen in jedem Satz mit der Anerkennung des Wissenschaftlers, aber Marvell mit dem Ohr des verhinderten Künstlers fühlte, wie sich der enge Raum um ihn weitete. Seine Seele seufzte nach etwas unwiderruflich Verlorenem, und er sah eine grüne Senke vor sich wie auf einer Landschaft von Constable – unter den Bäumen den Liebenden mit der Panflöte.

9

Mit dem Einbruch der Dunkelheit hörte es auf zu regnen, und der Himmel hellte sich plötzlich auf, als sei er von Wolken reingewaschen. Es war eine Nacht heller weißer Sterne, so überwältigend, daß Greenleaf hinaufzeigte und sie bewundern mußte, obwohl er ihre Namen nicht kannte – die Lichterkette des Großen Wagens und Jupiter im Süden.

»Sieh, wie die Himmelsflur ist eingelegt mit Scheiben lichten Goldes«, rezitierte Marvell. »Nur daß es kein Gold ist, sondern Platin. Aber Scheiben lichten Platins klingt nur halb so gut, nicht?«

»Bei mir fallen Zitate leider nicht auf fruchtbaren Boden, wie du weißt«, sagte der Doktor. »Ich lese nie etwas anderes als das *British Medical Journal,* meine medizinische Fachzeitschrift.« Er atmete tief ein, genoß die frische Nachtluft. »Sehr schön«, meinte er etwas unmotiviert. »Ich bin froh, daß ich mich überwunden habe und mit dir gegangen bin.«

»Ein in jeder Hinsicht stickiger Abend, findest du nicht?« Marvell ging voraus und hielt das Buschwerk auf dem Pfad für Greenleaf beiseite.

»Eine dumme kleine Gans«, murmelte Greenleaf, ein für seine Verhältnisse ziemlich harter Ausdruck. »Ich hoffe, Gage kann sie vom weiteren Herumtratschen abhalten.«

»Es könnte unangenehm werden.« Mehr sagte Marvell nicht, bis der Weg breiter wurde und sie Seite an

Seite gehen konnten. Dann plötzlich. »Kann ich dich etwas fragen? Ich möchte dir aber nicht zu nahe treten.«

»Tust du schon nicht.«

»Du bist Arzt, aber Patrick gehörte nicht zu deinen Patienten.« Marvell sprach leise. »Ich habe gefragt, ob ich dir auch nicht zu nahe trete, weil ich an so was wie medizinische Etikette denke. Du weißt, ich bin nicht so sensationslüstern wie Nancy Gage, aber warst du nicht sehr verblüfft, daß Patrick auf diese Art zu Tode kam?«

»Überrascht war ich schon, ja«, erwiderte Greenleaf vorsichtig.

»Wie vom Blitz getroffen?«

»Wie dieser arme Kerl auf dem Golfplatz? Nein. In meinem Beruf sieht man eine Menge merkwürdiger Dinge. Zuerst dachte ich, Patrick hätte eine Überdosis Sodium Amytal genommen. Ich hatte ihm ein Antihistamin gegeben, 200 Milligramm Phenergan, und schon eine hätte den Effekt vervielfacht...« Er hielt inne, plötzlich gehemmt, diese fachlichen Einzelheiten einem Laien zu offenbaren. »Er hatte das Sodium Amytal im Haus, und ich riet ihm, eine davon zu nehmen.«

»Die Packung blieb aber dort?«

»Paß auf«, Greanleaf hatte versprochen, sich nicht angegriffen zu fühlen. »Patrick war kein Kind. Howard hatte ihm die Schlaftabletten verschrieben. Aber er hat auf keinen Fall mehr genommen. Es war das erste, was Glover bei der Obduktion überprüfte.«

Marvell öffnete die Tür zu seinem Obstgarten, und Greenleaf trat vom Waldboden auf Torf und die nassen Blätter wilder Narzissen. Blütenblätter einer regennassen Rose wischten über sein Gesicht. In der Dunkelheit fühlten sie sich an wie die parfümierten Fingerspitzen einer Frau.

»Das erste?« wiederholte Marvell. »Du meinst, es wurde auch nach anderen Dingen gesucht? Hast du Selbstmord oder sogar Mord vermutet?«

»Nein, nein, nein«, erwiderte Greenleaf ungeduldig. »Ein Mann war gestorben, ein junger und offensichtlich gesunder Mann. Glover mußte herausfinden, woran er gestorben war. Patrick starb an Herzversagen.«

»Jeder Mensch stirbt an Herzversagen.«

»Grob gesprochen ja. Aber es gab Anzeichen, daß das Herz schon vorher angegriffen war.«

Sie waren inzwischen an der Hintertür angekommen. Die Küche roch nach Kräutern und Wein. Greenleaf meinte, noch einen anderen Geruch wahrzunehmen. Schimmel. Er hatte diesen Pilz noch nie gesehen, aber Marvells Küche roch wie die Plastiktabletts mit Pilzen, die Bernice manchmal beim Dorfkrämer kaufte. Marvell tastete nach der Lampe und zündete sie an.

»Also weiter«, sagte er.

»Wenn du es unbedingt wissen willst, Glover hat sich bei Patricks alter Schule erkundigt. Tamsin konnte keinerlei Angaben dazu machen, und Patricks Eltern sind tot. Er hatte Howard gegenüber nie über Unwohlsein geklagt. Er war ja überhaupt nur einmal bei ihm.«

»Darf ich fragen, ob von der Schule irgend etwas zu erfahren war?«

»Ob du darfst, weiß ich nicht«, antwortete Greenleaf ernsthaft. »Ich weiß auch nicht, warum du es wissen willst. Aber wenn es sowieso Gerede gibt ... Glover hat an den Schulleiter geschrieben, und die Antwort war, daß Patrick bei einigen Sportarten nicht mitmachen durfte, weil er als Kind rheumatisches Fieber hatte.«

»Aha, du hast dich also mit dem Arzt in Verbindung gesetzt, der Patrick als Kind behandelt hat?«

»Das konnten wir nicht.« Greenleaf lächelte ein kleines, bitteres und sehr persönliches Lächeln. »Patrick wurde in Deutschland geboren und lebte dort bis zu seinem vierten Lebensjahr. Glover sprach mit Tamsins Mrs. Prynne. Sie ist eine dieser alten Damen mit gutem Gedächtnis. Sie erinnerte sich, daß Patrick mit drei Jahren rheumatisches Fieber hatte und daß der Name seines Arztes Goldstein war.«

Marvell verstand plötzlich und wurde verlegen.

»Aber Dr. Goldstein ist verschwunden. Viele seiner Glaubensgenossen verschwanden in Deutschland zwischen 1939 und 1945.«

»Bleibst du noch auf ein Gläschen?« fragte Marvell.

Fünf Minuten vergingen, bevor er wieder auf Patrick Selby zurückkam. Greenleaf merkte, daß er steif und wichtigtuerisch geklungen hatte – ganz der Prototyp des überheblichen Medizinmannes. Um Marvell nicht noch mehr zu verunsichern, nahm er das Angebot an und akzeptierte ein Glas Karottenwein.

Die Helligkeit der weißen Kugel hatte sich verstärkt, bis schließlich nur noch die hintersten Ecken des Zimmers im Schatten lagen. Eine leichte Brise war aufgekommen, ließ die Vorhänge wehen und bewegte das Hängeveilchen und die weißen Blätter der Tradescantia, die in einem Majolika-Übertopf auf dem Fensterbrett stand. Es war ziemlich kühl.

Endlich brach Marvell das Schweigen. »Ich war neugierig, was Patrick angeht«, sagte er und wärmte seine Hände an der Lampe. Greenleaf überlegte, ob Bernice zu Hause in Shalom wohl die Zentralheizung angedreht hatte. »Vielleicht bin ich übertrieben mißtrauisch. Aber Patrick hatte eine Menge Feinde, weißt du. Es gibt sicher Leute, die froh sind über seinen Tod.«

»Und ich bin übertrieben logisch«, erwiderte Greenleaf energisch. »Nancy Gage erzählt, daß Carnaby versuchte, sich Zyankali zu beschaffen. Patrick Selby stirbt plötzlich. Folglich muß er an Zyankalivergiftung gestorben sein. Wir *wissen* aber definitiv, daß das nicht der Fall war. Er ist eines natürlichen Todes gestorben. Merkst du nicht, daß jeder Grund für Zweifel nichtig wird, sobald die erste Annahme widerlegt ist? Es spielt keine Rolle, wie sehr Carnaby ihn vielleicht gehaßt hat – falls er das überhaupt tat, was ich bezweifle –, und wenn er eine Tonne Gift gekauft hätte, er hat Patrick nicht umgebracht, denn Patrick ist nicht durch Zyankali gestorben. Nur weil ein Mensch ein verhältnismäßig durchsichtiges Motiv gehabt zu haben scheint und den Zugang – den möglichen Zugang – zu einer Waffe, *die wohlgemerkt niemals benutzt wurde,* fängst du an zu argumentieren. Versuchst mir einzureden, er sei tatsächlich umgebracht worden, weil ein halbes Dutzend Leute Motive hatte und einer von ihnen vielleicht erfolgreich war.« Er trank seinen Karottenwein. Schmeckte eigentlich ganz angenehm, wie ein süßer Sherry. »Ich sage dir, du bist nicht besonders logisch.«

Marvell antwortete nicht. Er fing an, vorsichtig seine Standuhr aufzuziehen, so als wolle er den Sultan und seinen Sklaven, dessen Finger für ewig auf der schweigenden Zither ruhten, nicht stören. Als er den Schlüssel beiseite legte, blies er eine kleine Spinne fort, die über den Schuh des Sultans kroch. Dann sagte er: »Wieso gab es keine gerichtliche Untersuchung?«

Triumphierend antwortete Greenleaf: »Weil das nicht nötig war. Hab ich's dir nicht gesagt? Und das hatten weder Glover noch Howard zu entscheiden. Das ist eine Sache, die der amtliche Leichenbeschauer bestimmt.«

»Ohne Zweifel weiß der, was er tut.«

»Für Leute, die eines natürlichen Todes sterben, gibt es keine Verhandlung.« Greenleaf stand auf, streckte seine steifen Beine und wechselte das Thema. »Was macht dein Heuschnupfen?«

»Ich habe keine Tabletten mehr.«

»Dann komm mal zu mir in die Sprechstunde, damit ich dir ein neues Rezept ausstellen kann.«

Aber Marvell kam nicht, und Greenleaf hörte ein paar Tage lang nichts von ihm. Er dachte schon, die Sache mit Patricks Tod sei erledigt – bis Mittwoch vormittag während seiner Sprechstunde.

Der erste Patient, der in sein Sprechzimmer trat, war Denholm Smith-King. Er war auf dem Weg zu seiner Fabrik in Nottingham und hatte endlich den Mut gefunden, Greenleaf aufzusuchen.

»Es ist nichts Schlimmes«, erklärte der Doktor ihm, während Smith-King sein Hemd wieder zuknöpfte. »Nur eine vergrößerte Drüse. Die bildet sich von alleine wieder zurück.«

»Dann werde ich wohl meine Angstdrüse auch wieder zurückpfeifen müssen«, meinte Smith-King und lachte über seinen Scherz. Greenleaf lachte höflich mit.

»Wie ich sehe, haben Sie auch das Rauchen eingeschränkt.«

Greenleaf merkte, daß er ihn verblüfft hatte, aber dann folgte sein Blick dem des Doktors, und er grinste. »Auf Ihre Weise sind Sie ja ein richtiger Detektiv, oder?« Greenleaf hatte lediglich bemerkt, daß die gelbbraune Färbung des Zeige- und Mittelfingers sich in ein blasses Gelb verwandelt hatte, und die Bemerkung erinnerte ihn an Dinge, die er lieber vergessen wollte.

»Ja, ich habe es reduziert«, sagte Smith-King und gab dem Doktor einen heftigen, aber durchaus freundlichen Klaps auf den Rücken. »Ihr Quacksalber, ihr kennt nicht den Streß, mit dem man als Geschäftsmann ständig konfrontiert wird. Euch geht's viel zu gut.« Sein herzliches Lachen nahm seinen Worten die Schärfe.

»Der Streß scheint aber abgenommen zu haben, stimmt's?«

»Allerdings«, grinste Smith-King.

Erleichtert machte er sich auf den Weg, und Greenleaf klingelte nach dem nächsten. Gegen zehn hatte er ein Dutzend Patienten verarztet und fragte die letzte, eine Frau mit Nesselfieber, ob noch viele draußen seien.

»Nur eine, Doktor, eine junge Dame.«

Er drückte auf den Summer, aber es kam niemand; also begann er, seinen Schreibtisch aufzuräumen. Offensichtlich war der jungen Dame das Warten zu lange geworden. Aber dann, als er gerade seinen Autoschlüssel nahm, wurde die Tür langsam aufgeschoben und Freda Carnaby kam hereingeschlurft, müde und gebückt wie eine alte Frau.

Er war über den Wandel, der mit ihr vorgegangen war, richtig erschrocken. Seine Ungeduld machte einer Art Mitgefühl Platz, als er ihr einen Stuhl angeboten und sich ihr gegenübergesetzt hatte. Was war nur aus der erfreulichen Erscheinung mit den gestärkten Baumwollkleidern und den unpraktischen Schuhen geworden? Sogar bei Patricks Beerdigung hatte sie noch schick ausgesehen in dem adretten Schwarzweiß einer höheren Tochter. Jetzt sah ihr Haar aus, als sei es wochenlang nicht gewaschen, die Augen waren blutunterlaufen und verquollen, die Mundwinkel zeigten einen hysterischen Zug nach unten.

»Was kann ich für Sie tun, Miss Carnaby?«

»Ich kann nicht schlafen, Doktor. Seit Ewigkeiten habe ich nicht mehr richtig geschlafen.« Sie kramte in der Tasche ihrer Kunstlederjacke, die sie über einem zerknitterten Kleid trug. Das Taschentuch, das sie herauszog, war ebenfalls zerknittert. Mit einer pathetischen Geste preßte sie es an den Mund.

»Ich habe einen großen persönlichen Verlust zu beklagen, wissen Sie.« Sie tupfte mit dem leinenen Viereck am Augenwinkel. »Ich hatte jemanden sehr gern. Einen Mann.« Sie schluckte. »Er ist kürzlich gestorben.«

»Das tut mir leid.« Greenleaf begann sich zu fragen, was jetzt kommen würde.

»Ich weiß nicht mehr, was ich machen soll.«

Die Erfahrung hatte ihn gelehrt, daß es genau dieser Satz ist, der die Tränen auslöst, den Zusammenbruch einleitet. Es mag ja durchaus stimmen, mag so empfunden werden, aber erst wenn die Worte tatsächlich laut ausgesprochen sind, wird dem Betroffenen die ganze Tragweite klar, spürt er die völlige und hilflose Desorientiertheit, die darin liegt, und wird sich seines Elends so recht bewußt.

»Das dürfen Sie nicht sagen«, meinte er und verfluchte seine eigene Hilflosigkeit. »Die Zeit heilt Wunden, glauben Sie mir.« Das nennt man den Schwarzen Peter weitergeben, dachte er. »Ich verschreibe Ihnen etwas zum Einschlafen.« Er holte seinen Rezeptblock und fing an zu schreiben. »Waren Sie schon im Urlaub?«

»Nein, und ich werde wahrscheinlich auch nicht fahren.«

»Ich würde es versuchen. Ein paar Tage wenigstens, das hilft Ihnen sicher.«

»Helfen?« Diesen hysterischen Unterton hatte er

schon sooft gehört, aber nicht von ihr, und er gefiel ihm gar nicht. »Helfen, einem – einem gebrochenen Herzen? Oh, Doktor, ich weiß nicht mehr, was ich machen soll, ich weiß es einfach nicht, ich weiß es nicht.« Sie ließ den Kopf auf die Arme sinken und fing an zu schluchzen.

Greenleaf ging zum Waschbecken und holte ein Glas Wasser.

»Ich möchte es Ihnen gern erzählen.« Sie nippte und wischte sich die Augen. »Darf ich?«

Er schaute verstohlen auf die Uhr.

»Wenn es Sie erleichtert.«

»Es war Patrick Selby. Das wußten Sie, nicht wahr?« Greenleaf schwieg, und sie fuhr fort: »Ich habe ihn sehr gern gehabt.« Sie sagten nie geliebt, dachte er, immer sehr gern gehabt oder gemocht. »Und er mich auch.« Das kam trotzig. Er warf einen kurzen Blick auf ihr tränenverschmiertes Gesicht, die rauhe Haut. Da stieß sie plötzlich wie aus heiterem Himmel hervor: »Wir wollten heiraten.« Er zuckte zusammen.

»Ich weiß, was Sie jetzt sagen wollen. Sie wollen sagen, er war doch verheiratet. Aber Tamsin hat ihn nicht geliebt. Er wollte sich scheiden lassen.«

»Miss Carnaby ...«

Aber sie ließ sich nicht unterbrechen, die Worte kamen nur so herausgestürzt.

»Sie hatte eine Affäre mit diesem schrecklichen Mann, Gage. Patrick wußte davon. Sie traf sich während der Woche mit ihm in London. Patrick erzählte sie, sie führe zu einer alten Freundin ihrer Großmutter, dabei ging sie zu diesem Mann.«

Mitleid kämpfte und gewann gegen Greenleafs Ekel. Er fing an, das Rezept zusammenzufalten, und versuchte dabei einen freundlich-nichtssagenden Gesichtsausdruck zu bewahren.

Sein Gesicht mißinterpretierend sagte sie, als müsse sie sich rechtfertigen: »Ich weiß, was Sie denken. Aber Patrick und ich hatten kein Verhältnis. So war das nicht zwischen uns. Wir haben nie etwas Unrechtes getan. Wir wollten heiraten. Und jetzt erzählt Nancy Gage überall in Linchester, Edward habe Patrick umgebracht, weil ... weil ...« Sie brach wieder in Schluchzen aus. Greenleaf sah ihr mit einem Anflug von Verzweiflung zu. Wie sollte er diese weinende, hysterische Frau loswerden? Wie den Fluß dieser scheußlichen Enthüllungen stoppen?

»Und das Schreckliche ist, ich weiß, daß er umgebracht wurde. Deshalb kann ich auch nicht schlafen. Und ich weiß auch, wer es getan hat.«

Das war zu viel. Er schüttelte sie ein bißchen, wischte ihr die Augen ab und hielt ihr das Glas an die Lippen.

»Miss Carnaby, Sie müssen sich zusammennehmen. Patrick ist eines ganz natürlichen Todes gestorben. Das ist sicher. Ich weiß es. Sie werden Ihrem Bruder und sich selbst eine Menge Ärger einhandeln, wenn Sie solche Dinge verbreiten, die Sie in keiner Weise belegen können.«

»Belegen?« Sie verschluckte sich beinah an dem Wort. »Ich kann es *beweisen.* Sie erinnern sich doch, wie es bei dieser entsetzlichen Party war. Also, Oliver Gage ging später noch einmal allein zurück. Ich habe ihn von meinem Schlafzimmerfenster aus gesehen. Es war Vollmond, und er nahm den Weg am Teich vorbei. Er hatte ein Päckchen bei sich, ein weißes Päckchen. Was es war, weiß ich nicht, Doktor, aber angenommen – angenommen, es hat Patrick getötet!«

Nach diesen Worten bugsierte er sie aus seiner Praxis, verstaute sie in seinem Wagen und fuhr sie zurück nach Linchester.

Drei Briefe plumpsten in den Briefkasten der Gages, als um zehn der Postbote kam. Nancy war so sicher, daß nichts für sie dabei war, daß sie sich erst eine gute halbe Stunde später aus dem Badezimmer nach unten aufmachte. In der Zwischenzeit saß sie auf dem Badewannenrand, die nassen Haare in Lockenwicklern aufgerollt und teuflisch nach der Flüssigkeit der Heimdauerwelle stinkend, die sie sich gerade verpaßte. Sie wartete auf das Klingelzeichen des Küchenweckers und brütete darüber, was wohl in den Briefen stehen mochte.

Zwei Rechnungen, dachte sie verbittert und wahrscheinlich ein Bettelbrief von Jean oder Shirley. Ein getränkter Wickler fiel ihr auf die Nase. Im ganzen Haus roch es nun nach Ammoniak und faulen Eiern. Sie mußte reichlich von diesem Luftverbesserungsspray versprühen, bevor Oliver kam. Aber das war noch volle zwei Tage und Gott weiß wie viele Stunden hin. Sicher würde Oliver den Geruch kaum bemerken, wenn er sah, wie wunderbar ihr Haar geworden war – und alles für 25 Shilling.

Die Uhr klingelte, und aufgeregt begann sie, die Wickler herauszudrehen. Als das Waschbecken mit einer triefenden Masse von Lockenwicklern und Papierstückchen angefüllt war, legte sie sich ein Handtuch um die Schultern – ein malvenfarbiges mit einem weißgestickten ›Sie‹ darauf – das ›Er‹, die andere Hälfte dieses Hochzeitsgeschenkes, wurde sorgfältig für Oliver aufbewahrt – und ging die Treppe hinunter.

Der erste Brief, den sie aufnahm, war von Jean. Nancy wußte es, bevor sie noch die Handschrift gesehen hatte. Olivers erste Frau war die einzige, die alte Umschläge aufhob und sie, mit neuen Aufklebern versehen, wieder benutzte. Der zweite war ganz sicher die Telefonrechnung. Die konnte man genausogut verlieren. Aber der dritte, wer konnte das sein, der ihr aus London schrieb?

Sie öffnete den Umschlag und sah den Briefkopf. Er war *von* Oliver. Sie schaute sich den Umschlag noch einmal an, die schief aufgeklebte Marke. Für sie hieß das ein Kuß. Wußte Oliver das auch, oder war es Zufall?

Mein Liebling... Das war nett. Es war auch ungewöhnlich und unerwartet. Sie las weiter. *Ich frage mich, ob Du mir meine Unfreundlichkeit Dir gegenüber am Wochenende vergeben hast. Ich war gemein zu Dir, das grenzte schon beinah an Brutalität...* Wie wunderbar er formulieren konnte! Aber das war ja nicht anders zu erwarten bei seinem Beruf. *Kannst Du verstehen, mein Süßes, daß das nur deshalb geschah, weil ich es hasse, wenn Du Dich selbst herabwürdigst? Ich hatte das Gefühl, daß Du Dich zur Zielscheibe des Spottes dieser Männer machtest, und das verletzte mich tiefer, als ich sagen kann. Also, mir zuliebe, Schätzchen, Nancy, achte darauf, was Du sagst. Das Ganze ist Tamsins Angelegenheit, und sie bedeutet uns nichts...* Nancy konnte es kaum fassen, daß ein Brief sie so glücklich machte... *bedeutet uns nichts. Wir leben in einer anderen Welt. Jeder hat seine Welt, und jeder ist eine Welt für sich.* Wie poetisch. *Die leiseste Andeutung, daß ich mit...* Hier war ein Stückchen ausgestrichen. *...einem Skandal in Verbindung gebracht werden könnte, hat mir ziemliches Kopfzerbrechen bereitet. Wir waren nicht eng mit den Selbys befreundet...*

So ging es noch eine ganze Weile weiter. Nancy überlas manches, überflog die langweiligen Teile und hielt bei den erstaunlichen Koseworten inne, die zum Schluß kamen. Sie war so überschwenglich glücklich, daß sie, obwohl sie ihr freudig erregtes Gesicht im Vorbeigehen im Flurspiegel wahrnahm, gar nicht merkte, daß ihr Haar in völlig glatten Rattenschwänzen herunterhing.

Marvell hatte sich vorgenommen, Greenleafs Interesse an den Begleitumständen von Patrick Selbys Tod zu wecken, und er dachte, es könne nicht schaden, ihn mit einer Liste ungewöhnlicher Gifte zu konfrontieren. Zu diesem Zweck war er in der öffentlichen Bibliothek gewesen und hatte einen aufschlußreichen Nachmittag beim Lesen des Fachbuches von Taylor verbracht. Dabei hatte er sich so in seine Lektüre vertieft, daß es für die Nachmittagssprechstunde zu spät geworden war. Er beschloß daher, unter dem Vorwand, sein neues Rezept abholen zu wollen, nach Shalom hinaufzugehen. Er pflückte einen Strauß Akanthus für Bernice und machte sich auf den Weg.

»Wunderschön«, sagte Bernice. Ihr Mann berührte die braunrosa Blüten. »Was ist das?« Etwas schüchtern schlug er vor: »Lupinen oder so was?«

»Akanthus«, sagte Marvell. »Das Modell für die korinthische Säule.«

Bernice füllte eine weiße Steingutvase mit Wasser. »Du bist ein unerschöpflicher Quell an Informationen.«

»Sagen wir lieber ein nicht mehr benutzter Abfallhaufen.« Die Worte hatten einen bitteren Klang, aber Marvell lächelte, während er zusah, wie sie die Blumen in der Vase ordnete. »Und dieser Abfall ist zufällig durch Explosionen durcheinandergewirbelt worden.

Ich habe die letzten Tage niesend verbracht, denn leider sind mir diese faszinierenden kleinen blauen Pillen ausgegangen.«

Bernice lächelte. »Wenn sich das Ganze jetzt als Konsultation entpuppt, dann solltest du lieber mit Max einen Drink nehmen.«

Sie fing an abzuwaschen, und Marvell folgte Greenleaf ins Wohnzimmer. Greenleaf öffnete die Glastüren zum Garten und zog zwei Stühle in den Bereich der hereinströmenden, kühleren Luft. Der Himmel direkt über ihnen zeigte sich in einem reinen, milchigen Blau, das gegen Westen hin in ein leuchtend-metallisches Gold überging; doch der Schatten der großen Zeder lag über dem Haus. Der Raum war ein kühler Zufluchtsort.

»Vielleicht wäre es ganz sinnvoll, mal herauszufinden, wogegen du überhaupt allergisch bist. Es gibt da eine Testmethode«, sagte der Doktor. »Es muß nicht unbedingt Heu sein, weißt du. Man kann praktisch gegen alles allergisch sein.«

Marvell hatte eigentlich nicht vorgehabt, über sich zu reden, aber jetzt, wie um seinen Vorwand zu unterstützen, fing es in seiner Nase an zu kitzeln, und gleich darauf wurde er von einem gewaltigen Niesen erschüttert. Als er wieder zu sich gekommen war, sagte er hinterhältig:

»Aber umbringen wird es mich wohl nicht.«

»Asthma kann daraus entstehen«, meinte Greenleaf fröhlich. »Das passiert in 60 bis 80 Prozent der Fälle, wenn man der Sache nicht rechtzeitig Einhalt gebietet.«

»Ich habe gefragt«, sagte Marvell betont, »ob eine Allergie zum Tod führen kann?«

»Das hast du nicht. Und ich weiß genau, worauf du hinaus willst. Aber Patrick war nicht allergisch gegen

Wespenstiche. Er hatte ein paar Tage vor seinem Tod einen, und die Reaktion war normal.«

»Also gut«, sagte Marvell und schneuzte sich. »Du erinnerst dich, worüber wir neulich gesprochen haben?«

»Worüber du gesprochen hast.«

»Also gut, worüber ich gesprochen habe. Sei doch nicht so verbohrt, Max.«

Sie kannten sich jetzt zwei oder drei Jahre, und zuerst war es Dr. Greenleaf und Mr. Marvell gewesen. Dann, als sie vertrauter wurden, erschien das zu formell, und Greenleaf, der keine Privatschule besucht hatte, scheute sich, den blanken Familiennamen zu benutzen. Dies war das erste Mal, daß Marvell seinen Freund mit Vornamen anredete, und Greenleaf fühlte sich von dem herzerwärmenden Gefühl der Anerkennung und Nähe durchströmt, das dadurch ausgelöst werden kann. Es machte ihn weich, wo er eigentlich hart bleiben wollte.

»Angenommen«, fuhr Marvell fort, »es gäbe eine Substanz, die unter normalen Umständen völlig harmlos ist, aber tödlich wirkt, wenn sie jemand einnimmt, der von einer Wespe gestochen wurde?«

Zögernd rief Greenleaf sich Freda Carnabys Geschichte von Oliver Gage und seinem weißen Päckchen ins Gedächtnis.

»Angenommen, angenommen. Es gibt keine solche Substanz.«

»Bist du sicher?«

»So sicher, wie man nur sein kann.«

»Mich langweilt Chantefleur Abbey, Max, und ich möchte gern ein bißchen Detektiv spielen – mit deiner Hilfe. Offensichtlich ist dabei ein Arzt vonnöten.«

»Du bist wahnsinnig«, sagte Greenleaf unglücklich. »Ich werde dir etwas zu trinken holen und das Rezept ausstellen.«

»Ich möchte nichts trinken. Ich möchte über Patrick reden.«

»Also?«

»Also, seit wir uns zuletzt gesehen haben, habe ich Gerichtsmedizin gebüffelt ...«

»Zwischen den Niesern, wie?«

»Genau, zwischen den Niesern. Tatsache ist, ich habe Taylors *Medical Jurisprudence* gelesen.«

»Eine faszinierende Lektüre, nicht wahr?« sagte Greenleaf unwillkürlich, und rasch fügte er hinzu: »Allerdings steht da nicht das geringste über Wespenstiche oder Rheuma drin.«

»Nein, aber es steht verdammt viel über Gifte drin. Eine wahre Borgia-Bibel. Brucin und Thallium, Blei und Gold. Wußtest du, daß es ein Goldsalz mit dem interessanten Namen *Purple of Cassius* gibt? Aber natürlich wußtest du das! *Purple of Cassius!* Da haben wir doch einen Namen, der den Tod förmlich heraufbeschwört.«

»Er hat aber Patrick Selbys Tod nicht heraufbeschworen, das schwöre *ich* dir.«

»Bist du da so sicher? Ich wette, Glover hat es nicht nachgeprüft.«

»Nein, und es sind auch keine Tests auf Arsen oder Hyoscin oder den Botulinbazillus gemacht worden. Aus dem einfachen Grund, weil weder Patricks Aussehen noch der Zustand, in dem sich sein Schlafzimmer befand, auch nur den geringsten Anlaß zu solchen Maßnahmen gegeben haben.«

»Ich habe gehört«, sagte Marvell ungerührt, »daß man durch die Injektion von Luft in eine Vene sterben kann.

Da gibt es einen sehr unterhaltsamen Roman von Dorothy Sayers ...«

»›*Keines natürlichen Todes*‹ heißt er.«

»Ah, du liest also doch Kriminalromane«, rief Marvell triumphierend.

»Nur im Urlaub«, lächelte Greenleaf. »Aber Patrick hatte keinerlei Einstichstellen.«

»Soso«, spottete Marvell. »Max, du bist ein Heuchler. Wie willst du wissen, ob Patrick Einstichstellen hatte oder nicht, wenn du nicht danach gesucht hast? Und wenn du danach gesucht hast, dann mußt du mindestens an Selbstmord gedacht haben.«

Ein paar Sekunden schwieg Greenleaf. Was Marvell sagte, entsprach fast der Wahrheit. Er hatte gesucht und – nichts gefunden. Aber wäre er zu dem Zeitpunkt schon im Besitz bestimmter Fakten und Informationen gewesen, hätte er dann so gehandelt, wie er es getan hatte? Hätte er nicht versucht, Howard und Glover davon abzuhalten, die Todesurkunde zu unterzeichnen? Er hatte nichts unternommen, weil Patrick Selby nicht zu seinen Patienten gehörte, weil es gegen sein Berufsethos verstieß, in Howards Revier zu wildern. Vor allem aber deshalb, weil er Patrick als relativ glücklich verheirateten Mann gekannt hatte, der ein ruhiges, normales Leben führte. Glücklich verheiratet? Jetzt erschien ihm das natürlich als absurde Bezeichnung für den Schlamassel, den Tamsin und er aus ihrer Ehe gemacht hatten, aber damals ... Man muß schließlich einkalkulieren, daß die meisten Leute sich bei Parties ungehemmter benehmen – Tamsins enges Tanzen mit Oliver Gage, Patricks Flirt mit Freda Carnaby. Der Gedanke an Mord wäre ihm jedenfalls nie in den Sinn gekommen. Warum hatte er dann alles so interessiert beobachtet? Nur um die Zeit totzuschlagen, dachte er, und er war beinah selbst davon überzeugt, nur um seine Gedanken mit etwas zu beschäftigen.

Und doch war er sich völlig darüber im klaren, daß er auswich, als er Marvell nun antwortete.

»Ich habe nachgeschaut«, begann er vorsichtig, »bevor Glover mit seiner Untersuchung anfing. Zu dem Zeitpunkt erschien Patricks Tod unerklärlich. Erst danach fand Glover die Sache mit dem Herzfehler heraus. Es gab keine Einstichstellen an Patricks Körper, außer den von den Wespen verursachten. Und daran ist er nicht gestorben, es sei denn, man würde sagen, er hat durch die Stiche einen gewissen Schock bekommen.«

»Falls du damit meinst, dieser Schock hätte die Herztätigkeit beeinträchtigt, wäre dann nicht eine sofortige Herzattacke gleich oben auf der Leiter zu erwarten gewesen, statt drei oder vier Stunden später?«

Der Schaden, den das rheumatische Fieber angerichtet hatte, mußte minimal gewesen sein. Patrick konnte es nicht so stark gehabt haben. Aber wie sollte man sicher sein, da weder seine Eltern noch sein damaliger Arzt befragt werden konnten. »Ja, da hast du wohl recht«, gab er voller Unbehagen zu.

»Max, langsam verstehst du meine Denkweise. Sieh mal, lassen wir die Todesursache einen Moment beiseite, war da nicht – um mit Nancy zu sprechen – etwas ziemlich faul an der ganzen Party?«

»Du meinst die Sache mit dem Gemälde?«

»Genau das meine ich. Ich komme nach oben, um das Citronella-Öl zu holen – du erinnerst dich –, und da steht dieses Bild. Es war nicht zugedeckt. Es stand in einem Zimmer in Patricks Haus. Aber er wußte nichts davon. Hast du sein Gesicht gesehen, als er es sah?«

Greenleaf runzelte die Stirn. »Es ist ein schreckliches Bild«, sagte er.

»Ach komm. Es ist ein bißchen blutrünstig. Von einem Thornhill-Schüler, würde ich sagen, und diese Jungs haben damals ganz schön wild drauflosgemalt. Das Entscheidende aber ist Patricks Reaktion. Er war doch völlig außer sich, benahm sich fast, als sei es ein echter Kopf in einer echten Blutlache.«

»Manche Leute sind eben sehr empfindlich«, meinte Greenleaf, der solchen Typen ständig begegnete.

»Bei richtigen Wunden und richtigem Blut, ja. Aber hier handelte es sich um ein Bild. Und jetzt will ich dir mal was sagen. Vor ein paar Wochen waren Patrick und Tamsin bei mir, und ich zeigte ihnen einige meiner Dalí-Zeichnungen. Es sind nur Drucke, aber sie sind wesentlich schreckenerregender als Salome – Patrick blieb völlig ungerührt.«

»Dann mochte er eben das Bild nicht. Aber was hat das alles mit seinem Tod zu tun? Er ist doch nicht geköpft worden.«

»Leider«, sagte Marvell fröhlich. »Wenn es so wäre, dann hätten wir nur zwei Drittel unserer derzeitigen Probleme. Kein Wie mehr, nur noch schlicht warum und wer.«

Er stand auf, als Bernice hereinkam und ihn zu einer Gartenbesichtigung entführte.

»Ich brauche den Rat eines Menschen mit grünen Fingern.« Sie hob die Augenbrauen, als sie die ernsten Gesichter der beiden Männer sah. »Max, du bist müde, nicht wahr? Geht's dir nicht gut?«

»Doch, doch.« Er schaute ihnen nach, wie sie den Plattenweg entlanggingen, Bernice Fragen stellend, ihr Begleiter aufmerksam und höflich ihr zugewandt, dann sich den Pflanzen in den Beeten zuwendend. Nach einem Weilchen ging Bernice zum Zaun hinüber, und Greenleaf sah, daß Nancy Gage in den Garten nebenan gekommen war. Offensichtlich wollte sie Neuigkeiten loswerden, denn sie redete aufgeregt auf Bernice ein. Er hatte dies fieberhafte Bedürfnis, den Klang der eigenen Stimme zu hören, schon häufig bei Frauen beobachtet, die allzuviel allein gelassen werden. Er erinnerte sich noch sehr gut an das letzte Mal, als sie so ausgesehen hatte, aber heute war kein Oliver da, der sie bremste.

Die Stimme seiner Frau tönte durch den Garten zu ihm herüber. »Tamsin ist wieder im Lande, Max.«

Kaum war er draußen, hörte er Bernice sagen: »Sollten wir nicht mal rübergehen zu ihr?« Da mischte sich Nancy ein.

»Schauen Sie bloß nicht meine Haare an!« Sie zog so seine Aufmerksamkeit auf die strohige Masse auf ihrem Kopf und fuhr sich auch noch mit den Fingern hindurch. »Mir ist da was schiefgegangen.«

»Sagten Sie, Tamsin sei wieder da?«

»Wir sollten mal vorbeischauen, Max, und hören, wie es ihr geht.«

»Oh, ihr geht es gut. Sie ist braun wie ein Neger«, sagte Nancy und machte dabei eine Geste gespielten Selbstvorwurfs, indem sie sich auf die Unterlippe biß. »Ich Schlimme. Oliver sagt, ich soll mit niemandem mehr über die Selbys reden wegen, na, Sie wissen schon.«

Marvell versuchte, Greenleafs Blick einzufangen, und als der Doktor sich weigerte mitzuspielen, fragte er: »Und was sollen wir wissen?«

»Oliver sagt, ich darf nicht mehr behaupten, daß

Patrick keines natürlichen Todes gestorben ist, weil es nicht gut für ihn wäre.« Sie kicherte. »Für Oliver, meine ich, nicht für Patrick. Er hat es mir sogar geschrieben, also muß es wichtig sein.«

»Sehr vernünftig«, meinte Marvell.

Greenleaf öffnete den Mund, um etwas zu sagen, schloß ihn aber wieder, weil drinnen das Telefon klingelte. Als er in den Garten zurückkam, war Nancy gegangen.

»Kleiner Mann mit großem Kopfweh«, rief er Bernice zu. »Kleine Jungen sollten keine Kopfschmerzen haben. Ich fahre mal hin und sehe mir die Sache an. Auf dem Rückweg kann ich ja bei Tamsin vorbeischauen.«

Er ging zu seinem Wagen und überfuhr beinahe Edith Gavestons Hund. Nachdem er sich entschuldigt hatte, nahm sie den Scotchterrier auf den Arm und streckte den Kopf durchs Wagenfenster.

»Ich finde deine neue Karosse ja sehr schön, aber besudle sie bitte nicht mit Fergus' Blut, ja?«

Diese Art Humor kam beim Doktor nicht an. Er ließ den Motor sanft aufbrummen.

»Die lustige Witwe ist zurück, wie ich sehe.« Sie machte eine Bewegung in Richtung Hallows. Zuerst sah Greenleaf nur Henry Glide, der seinen Boxer ausführte, dann bemerkte er, daß in Hallows alle Fenster weit offenstanden. Das hatte es zu Patricks Lebzeiten nie gegeben. Am Tor stand der Weimaraner, unbeweglich wie eine Statue aus cremefarbenem Marmor.

»Armes Mädchen«, sagte er.

»Tamsin? Ich dachte erst, du meinst Queenie. Arm ist kaum der richtige Ausdruck, würde ich sagen. Das Haus, die Anteile an der Selby-Fabrik und ein privates Einkommen! Meiner Ansicht nach kann sie froh sein, daß sie ihn los ist.«

»Entschuldige«, sagte Greenleaf. »Ich muß weiter. Ich bin auf dem Weg zu einem Patienten.« Der Wagen glitt hinaus auf die Straße. Der Scotchterrier kläffte, und Edith kläffte: »Hoffen wir, daß sie nicht zurückgekommen ist, um einen neuen Skandal auszulösen. Einer ist schon genug, aber zwei ...«

Ihre letzten Worte gingen im Motorengeräusch unter, aber er meinte so etwas wie »sehen aus wie Absicht« gehört zu haben. Er hatte keine Ahnung, was sie damit meinte, aber irgendwie gefiel es ihm nicht. Ich werde langsam wie Marvell, dachte er unbehaglich und konzentrierte sich auf die Straße. Dann lenkte er seine Gedanken auf Kopfschmerzen bei Kindern und Hirnhautentzündung mit all ihren Symptomen, bis er zu dem Haus kam, in dem der kranke Junge wohnte.

10

Die Hündin überquerte den Rasen, die Nase tief über dem Boden. So nahm Queenie die Gerüche der Umgebung wieder auf, in die sie nach vierzehn Tagen Abwesenheit zurückgekehrt war. Sie überzeugte sich, daß das Eichhörnchen noch immer in der Ulme hauste, daß die Katze der Smith-Kings einige Male über den Zaun bis zur Küchentür gekommen war und daß eine Unmenge verschiedenster Vögel auf den Johannisbeersträuchern gesessen und Spuren hinterlassen hatte.

Als sie die verschlossene Garage inspiziert und durch das Fenster geäugt hatte, winselte sie ein bißchen, denn nun wußte sie, daß der Mann, den sie suchte, nicht auf dem Grundstück war. Sie trottete zum Haus zurück, ließ den Schwanz hängen und fand die Frau – ihre Frau, wie es auch ihr Mann gewesen war – im Schlafzimmer sitzend, singend und dabei ihr Haar kämmend. Queenie legte den Kopf in den seidenen Schoß und ließ sich durch die einzelnen Haare, die leise wie Distelwolle auf sie herabfielen, ein wenig trösten.

Zuerst dachte Greenleaf, der Gesang käme aus dem Radio. Aber als er an der Haustür stand, merkte er, daß da kein Profi, sondern ein Mädchen sang, das aus Freude unbestimmt und ein bißchen falsch vor sich hinträllerte. Er klingelte und wartete.

Tamsin war brauner, als er sie je gesehen hatte, und ihm fiel ein, daß irgend jemand erzählt hatte, Mrs. Prynne wohne an der See. Sie trug ein knallrosa Kleid in einem Farbton, den seine Mutter immer als Hexenrosa bezeichnet hatte. An ihren Armen klimperten schwarzweiße Reifen.

»Ich wollte sehen«, sagte er völlig überrascht, »ob ich etwas für dich tun kann.«

»Du kannst reinkommen und etwas mit mir trinken«, sagte sie, und er konnte sich des Eindrucks nicht erwehren, daß sie bewußt die Fröhlichkeit aus ihrer Stimme zurücknahm. Sie hatte zugenommen und sah gesund aus. Die tiefbraune Farbe stand ihr. »Lieber Max«, sie nahm seine Hände. »Immer so freundschaftlich.«

»Ich sah, daß du zurück bist«, meinte er, als sie in den Wohnraum traten. »Ich hatte einen Patienten im Ort zu besuchen und dachte, ich schaue mal vorbei. Wie geht es dir?«

»Mir geht es gut.« Sie schien zu merken, daß der Ausdruck nicht ganz passend war. »Nun, wie sagt man? Den Umständen entsprechend. Das Wetter hier muß ja fürchterlich gewesen sein, oder? Bei mir war es herrlich. Immer nur Sonne. Ich habe jeden Tag am Strand gelegen.« Sie reckte die Arme über den Kopf. »O Max!«

Greenleaf wußte nicht recht, was er sagen sollte. Er schaute sich im Zimmer um. Bernice hatte es immer als Ausstellungsraum in einem Möbelgeschäft oder als Bild aus der Zeitschrift *House Beautiful* bezeichnet. Aber jetzt war es ein Chaos. Tamsin konnte höchstens ein paar Stunden hier sein, doch auf dem Sofa und dem Fußboden lagen Kleidungsstücke verstreut, auf dem Kaminvorleger Zeitschriften und Zeitungen. Den kahlen Kaminsims hatte sie mit Muscheln und Schneckenhäusern bepflastert, und auf dem Parkett führte eine Sandspur entlang.

»Wie geht's denn hier so? Was macht Bernice? Hoffentlich habt ihr nicht gedacht, ich hätte euch vergessen, aber ich habe keine einzige Karte geschrieben. Wie geht's Oliver? Und Nancy? Was haben sie alle getrieben in der Zwischenzeit?«

Getratscht, dachte er bei sich, über deinen Ehemann. »Hier ist alles seinen Gang gegangen. Keine besonderen Vorkommnisse sozusagen. Crispin Marvell ist gerade bei Bernice und gibt ihr Gartentips.«

»Oh, Crispin.« In ihrer Stimme lag Verachtung. »Meinst du nicht, daß er seinen Landwirtschaftsfimmel ein bißchen übertreibt?« Sie bemerkte seinen erstaunten Blick. »Ach, ich bin gemein, ich weiß. Aber mir sind all diese Leute so egal – nicht du und Bernice, Max. Ich meine die anderen. Ich werde dieses Haus hier so bald wie möglich verkaufen und weit, weit fortgehen.«

»Es ist ein hübsches Haus«, bemerkte er, um überhaupt etwas zu sagen.

»Hübsch?« Ihre Stimme zitterte. »Es ist wie ein großes Gewächshaus ohne eine einzige Blume.« Er hatte sie nie für geschäftstüchtig gehalten und war erstaunt, als sie hinzufügte: »Ich müßte acht- oder neuntausend dafür bekommen. Dann ist da noch die Selby-Fabrik.«

»Was genau ...«

»Oh, Glas«, meinte sie vage. »Teströhrchen und so was. Bis vor kurzem lief es nie besonders gut. Aber vor ein paar Monaten haben sie einen phantastischen Vertrag aushandeln können. Jetzt rollt der Rubel nur so. Ich weiß nicht, ob ich drinbleiben oder meine Anteile an die anderen Direktoren verkaufen soll. Wirklich, Max, ich bin eine ziemlich reiche Frau.«

Es gab eine Menge Fragen, die er ihr gern gestellt

hätte, aber das konnte er nicht tun. Woher zum Beispiel, wenn die Geschäfte nicht so gut gegangen waren, hatten sie das Geld für Hallows gehabt? Warum hatte Patricks Vater Selbstmord begangen? Was war mit Oliver Gage? Und vor allem, warum sang eine Frau, die erst vor drei Wochen Witwe geworden war, vor Freude, nachdem sie in das Haus zurückgekehrt war, in dem ihr Mann den Tod gefunden hatte? Es fiel ihm plötzlich auf, daß in ihrem Gespräch, das sich doch so intensiv mit ihm befaßte und nur durch seinen Tod überhaupt möglich war, sein Name nicht einmal gefallen war.

Sie nahm eine Muschel vom Kamin und hielt sie sich ans Ohr. »Der Gesang des Meeres«, sagte sie und schauderte ein bißchen. »Der Gesang der Freiheit. Ich werde nie mehr heiraten, Max, nie mehr.« Freiheit, dachte er – nicht ahnend, daß er Madame Roland zitierte –, was für Verbrechen werden in deinem Namen begangen!

»Ich muß gehen«, meinte er.

»Einen Augenblick noch, ich möchte dir etwas zeigen.« Sie nahm seine Hand in die ihre, und sein Unterbewußtsein registrierte eine ungewohnte Blöße; irgend etwas fehlte. Aber er vergaß es wieder, als sie das Eßzimmer betraten. Die Flügeltüren nach draußen standen weit offen, und auf der Terrasse waren noch die Korbmöbel, naß vom vielen Regen. Dieser Raum war immer der nüchternste im ganzen Haus gewesen, weiße Wände, weiße Jalousien an den Fenstern, so daß er die Sterilität einer Station in einem neuen Krankenhaus ausstrahlte. Über dem langgestreckten, schmalen Heizkörper hatte jedoch immer eine Kachel aus rauchblauem Ton gehangen, ein kleines Eiland in einem Ozean von Eis. Sie lag achtlos und verstaubt auf dem Tisch. An ihrer Stelle hing das Bild, das Patrick so erschreckt hatte. Es beherrschte den Raum, und mit dem vergoldeten Rahmen, dem Blau und Gold und dem blutigen Rot wurde diese Einöde noch betont.

»Als ich ankam, war gerade der Gärtner hier«, sagte Tamsin. »Er hat mir geholfen, es aufzuhängen. Zu komisch, ich dachte, ihm wird schlecht.« Sie lächelte und strich abwesend über die perlmuttschimmernde Innenseite der Muschelschale. Sein Blick, einen Moment von Salome abgelenkt, folgte ihrer Bewegung, und er sah, was er vorhin nur gefühlt hatte: Tamsin hatte ihren Ehering abgelegt.

»Ihr Blick scheint einen zu verfolgen, wie bei der Mona Lisa«, sagte Tamsin.

Sie hatte recht. Der Maler hatte es verstanden, Salomes Augen auf die des Betrachters treffen zu lassen, wo immer der auch stehen mochte.

»Ist es wertvoll?« fragte er und mußte dabei an die Summen denken, die reiche Männer für solche Monstrositäten ausgeben.

»Ach nein. Mrs. Prynne sagt, es ist höchstens 20 Pfund wert.«

Sie schaute noch immer das Bild an, aber weder entzückt noch voller Abscheu. Als er sich ihr zuwandte, sah er in ihren Augen lediglich denselben Besitzerstolz, den einer seiner Söhne für einen Kassettenrecorder oder eine elektrische Gitarre empfinden würde.

»Patrick ...« wollte er sagen, aber der Name kam ihm nicht über die Lippen.

»Was ist los mit dir, Schatz? Doch nicht der kleine Junge?«

»Nein, nein, der wird sich erholen. Ich schau morgen noch mal nach ihm.«

»Du warst lange fort.«

Statt sich hinzusetzen, begann Greenleaf auf und ab zu gehen. Die Begleitumstände von Patricks Tod begannen langsam, ihn ernsthaft zu beunruhigen. Wenn es tatsächlich genügend Gründe für einen Mordverdacht gab, war es dann nicht seine Pflicht als der Arzt, der Patricks Leiche zuerst gesehen hatte, als einer der Anwesenden bei der Obduktion, dafür zu sorgen, daß ihm Gerechtigkeit widerfuhr? Und wenn er auch einen noch so geringen Verdacht hegte, sollte er dann nicht, so diskret wie möglich, nachhaken, um festzustellen, ob sein Verdacht begründet war? Einige der Informationen, die er bekommen hatte, waren vertraulich, und er konnte sie Marvell nicht weitergeben. Aber es gab einen Menschen, dem er alles erzählen konnte, einen, bei dem er es nie für nötig gehalten hatte, Sprechzimmergeheimnisse für sich zu behalten. Er konnte sich seiner Frau anvertrauen.

Bernice hatte die glückliche Eigenschaft, seine Ängste einfach wegzulachen – und das, mußte er zugeben, war genau das, was er wollte. Sie würde sagen, er sei müde und brauche endlich Urlaub.

Der Fernseher lief. Auf dem Bildschirm wirbelten Tänzer in einem grotesken Ballett wie Dämonen herum. Er berührte den Knopf. »Wolltest du das sehen?« Sie schüttelte den Kopf. Er schaltete das Gerät aus und erzählte ihr alles.

Sie lachte nicht, sondern sagte nachdenklich: »Tamsin und Oliver, ja, das kann ich mir vorstellen.«

»Kannst du?«

»Nun, ich konnte nicht umhin, die Art und Weise zu bemerken, in der sie zusammen tanzten. Ich habe eigentlich nie angenommen, daß Tamsin und Patrick sehr glücklich miteinander waren. Außer – ja, bis auf einmal.

Ein paar Tage, bevor er starb. Ich war wegen einer Spende für die Krebshilfe bei ihnen. Da ging es nur so mit Patrick, Liebling hier und Patrick, Liebling da – sie war geradezu überschwenglich nett zu ihm. Ich weiß noch, daß mich das irgendwie merkwürdig berührte.«

»Aber wie es aussieht, war Patrick in Freda Carnaby verliebt. Freda nach Tamsin?«

Bernice zündete sich eine Zigarette an und meinte nachdenklich: »Ist dir je aufgefallen, wie teutonisch Patrick eigentlich war? Die ersten vier Jahre seines Lebens müssen ihn sehr geprägt haben. Natürlich, seine Mutter war Deutsche. Er war wohl sehr für Kinder, Küche, Kirche; Ordnung und Sauberkeit waren seine Leidenschaft. Tamsin aber ist ein unordentliches Mädchen. Nicht, was ihr Aussehen betrifft, da ist sie durchaus eitel, aber im Haushalt. Man merkte immer, daß es Patrick ärgerte.«

Greenleafs Gedanken gingen eine halbe Stunde zurück. Er sah die unaufgeräumten Zimmer, die Muscheln, den Sand vor sich.

»Und daneben Freda Carnaby, sie ist genau das Gegenteil. Energisch und praktisch veranlagt – oder jedenfalls war sie das. Solange sie hier wohnen, habe ich sie niemals in Hosen oder ohne Strümpfe gesehen, Max. Immer wieder habe ich feststellen können, daß Frauen, die diese kleinen, spitzen Schuhe tragen, geradezu fanatische Putzer und Aufräumer sind. Weißt du, Max, Patrick war auch grausam. Aber ich glaube nicht, daß man bei Tamsin mit Grausamkeit etwas erreichen kann. Sie ist zu vage in ihrer ganzen Haltung und auch zu selbstbewußt. Aber Freda Carnaby, also wenn ich je einem Masochisten begegnet bin ...«

»Da könntest du recht haben«, meinte Greenleaf.

»Aber vergiß jetzt mal einen Augenblick die Carnabys. Was ist mit Gage? Ich könnte mir vorstellen, daß er Tamsin heiraten wollte.« Er grinste ein wenig. »Für ihn ist eine Ehe wie für andere eine Grippe. Offensichtlich wollte Patrick sich aber sowieso von Tamsin scheiden lassen. Würde Gage ihn dann –« er stolperte beinah über das Wort – »umbringen wollen?«

Ganz unerwartet meinte Bernice: »Er ist ein ziemlich gewalttätiger Mann.«

»Gewalttätig? Oliver Gage?«

»Nancy hat mir ganz zu Anfang, als sie gerade hergezogen waren, mal etwas erzählt. Ich habe es dir nicht gesagt, weil ich weiß, wie sehr du solchen Klatsch verabscheust. Sie war richtig stolz darauf.«

»So?«

»Also, zu dem Zeitpunkt, als Oliver sie kennenlernte, war sie mit einem Verwandten seiner zweiten Frau verlobt. Es scheint mir, als ob Oliver sie ihm einfach nur ausspannen wollte. Eine eigenwillige Art, sein Leben zu gestalten, nicht? Oliver und dieser Verlobte spielten Billard in Olivers Haus, und Nancy kam dazu. Irgendwie muß der Verlobte etwas geäußert haben, was Nancy nicht paßte, und sie sagte ihm, sie wolle Schluß machen und Oliver heiraten. Einfach so. Oliver und der Verlobte müssen sich fürchterlich gestritten haben, und schließlich hat Oliver ihm dann eins mit dem Billard-Queue über den Schädel gegeben.«

Greenleaf lächelte ungläubig.

»Es ist nicht komisch, Max. Er hat den Mann ohnmächtig geschlagen.«

»Jemandem eins über den Schädel geben, ist aber noch eine ganze Ecke weit entfernt von kaltblütigem Vergiften. Freda Carnaby sagt, er habe ein Päckchen bei sich gehabt. Was war da drin? Glover hat seine Untersuchungen sehr sorgfältig durchgeführt.« Er seufzte. »Ich habe mich nie besonders für Toxikologie interessiert, und als Student war mir die Gerichtsmedizin nicht weiter wichtig. Aber ich komme immer wieder darauf zurück: Wenn Patrick umgebracht wurde, dann womit?«

»Vielleicht eines von diesen Insektiziden?« fragte Bernice unsicher. »Du weißt schon, man liest soviel darüber in den Zeitungen. Angeblich sollen sie ja keinerlei Spuren hinterlassen.«

»Vielleicht nicht im Körper. Aber es hätte doch andere Anzeichen geben müssen. Ihm wäre zum Beispiel entsetzlich übel geworden. Die Bettwäsche, Bernice, sie war nicht frisch. Ich meine nicht, daß sie schmutzig war, einfach nicht frisch bezogen.«

»Sehr gut beobachtet von dir«, sagte Bernice. Sie griff nach der Zigarettenschachtel, ließ aber die Hand wieder sinken, als sie den Blick ihres Mannes bemerkte.

»Und außerdem, warum sollte Gage Patrick umbringen? Man kann sich doch scheiden lassen. Es sei denn, er hätte sich drei Scheidungen nicht leisten können. Er hätte nämlich für drei zahlen müssen, wie du weißt.«

»Andererseits hat Tamsin aber ihr privates Einkommen.«

Greenleaf schlug mit der Hand auf die Armlehne seines Sessels.

»Wo ich hinkomme, höre ich von diesem privaten Einkommen. Ich würde gern mal wissen, wieviel das eigentlich ist. Hunderte? Tausende? Ein paar Hundert im Jahr fallen für einen Mann in Oliver Gages Position nicht ins Gewicht. Ein Mord an Patrick würde ihm allerdings auch dessen Geld sichern, und damit könnte die Scheidung von Nancy finanziert werden. Und Tamsin ...«

Bernice starrte ihn an.

»Du willst doch nicht sagen, daß Tamsin ...? Würde eine Frau ihren eigenen Mann umbringen?«

»Oh, das kommt gelegentlich vor.«

Sie stand auf und stellte sich vor ihn. Er nahm ihre Hand leicht in die seine.

»Mach dir keine Sorgen«, sagte er. »Vielleicht habe ich den Urlaub wirklich nötig.«

»Oh, Schatz, ich möchte nicht, daß du in diese Sache hineingerätst. Ich habe Angst, Max. Das kann doch alles nicht wahr sein, nicht hier in Linchester.«

Er ahnte ihre Gedankengänge und meinte sanft: »Was immer wir auch gesagt haben, keiner hat uns gehört.«

»Aber wir haben es ausgesprochen.«

»Setz dich«, sagte er. »Hör zu, wir müssen uns eines klarmachen. Wenn jemand Patrick umgebracht hat, dann muß Tamsin mit diesem Jemand unter einer Decke stecken. Sie war im Haus. Sie sagte, sie sei zu Bett gegangen, nachdem ich fort war. Du kannst mir nicht erzählen, jemand hätte das Haus betreten können, ohne daß sie es bemerkt hätte!«

»Du sagst, sie sei froh?«

»Jetzt? Ja, jetzt ist sie froh. Ich glaube, sie ist froh, daß Patrick tot ist. Nachdem ich es ihr gesagt hatte, weinte sie nicht, aber später. Sie legte die Arme um den Hund und weinte. Bernice, ich glaube, sie weinte vor Erleichterung.«

»Was willst du jetzt tun?«

»Ich weiß es nicht«, erwiderte er. »Vielleicht gar nichts. Ich kann nicht wie ein Detektiv herumlaufen und Fragen stellen.« Er hielt inne und lauschte. Ein Schlüssel drehte sich im Schloß, ihre Söhne kamen nach Hause. Wenn diese Weiber weiterhin herumtratschen, dachte er, wenn Nancy überall erzählt, Carnaby habe Patrick Zyankali verabreicht, und Freda behauptet, Gage habe ihn mit diesem mysteriösen weißen Päckchen um die Ecke gebracht, dann werden mir früher oder später meine Patienten weglaufen.

11

»Eine große Dose Penatencreme und ein halbes Dutzend Päckchen Einmalwindeln, zwölf Dosen Babynahrung...« Mr. Waller rechnete blitzschnell zusammen. »Die Zeiten, als man die Babynahrung noch selbst quetschen und durchrühren mußte, sind vorbei, Mrs. Smith-King. Ich sage immer, ihr jungen Mütter wißt gar nicht, wie gut ihr es habt. Eine große Dose Kinderpuder und das Virol.« Er schob Linda die Sachen hin, die alles geschickt verpackte und mit Tesafilm verklebte. »Tut mir leid, aber das macht drei Pfund sieben und zehn Pence. Sagen Sie's ganz schnell, dann klingt es nur halb so schlimm, nicht?«

Joan Smith-King reichte ihm eine neue Fünf-Pfund-Note.

»Schrecklich, wie einem das Geld durch die Finger rinnt«, meinte sie. »Aber man kann ja kaum erwarten, daß es billig wird, mit fünf Kindern in Urlaub zu fahren.« Sie schob Jeremys neugierige kleine Hand von Lindas sorgsam aufgebautem Badekappen-Arrangement, das aus Nylon-Perücken auf Gummi in den unglaublichsten Farbtönen bestand. »Ich kann Ihnen gar nicht sagen, wie froh ich bin, daß wir überhaupt fahren können. Mein Mann hatte geschäftlich eine ziemlich beunruhigende Phase in der letzten Zeit, aber nun haben sich die Wogen geglättet, und er kann endlich abschalten.«

»So, Mrs. Smith-King. Drei Pfund sieben und zehn

und zwei und zwei sind zehn und zehn und ein Pfund sind fünf Pfund. Geht es so? Gut. Was kann ich für Sie tun, Mr. Marvell?«

»Nur ein Päckchen mit Aufklebern bitte«, sagte Marvell, der als nächster dran war. »In zwei Tagen will ich mit dem Honig anfangen.« Er steckte den Umschlag ein und ging zusammen mit Joan aus dem Laden. Draußen stand Greenleafs Wagen am Straßenrand, und der Doktor trat gerade mit dem Lokalblättchen unter dem Arm aus der Zeitschriftenhandlung.

»Haben Sie es schon gesehen?« fragte Joan Smith-King ihn. »Auf der Anzeigenseite unter Immobilien. Nein? Dann schauen Sie mal nach.«

Greenleaf blätterte, hatte Mühe mit den im Wind flatternden Seiten. Die Anzeige, mitten zwischen denen der Makler, war nicht schwer zu finden: *Luxusvilla, Architektenbau, modernste Ausstattung, auf gesuchtem Linchester-Areal im Herzen des idyllischen Nottinghamshire, nur zehn Meilen bis zur Innenstadt. Großer Wohnraum, Eßzimmer mit Terrasse / Innenhof hervorragend ausgestattete Küche, drei Schlafzimmer, zwei Bäder.*

»Die hat's ja wirklich fürchterlich eilig«, sagte Joan. »Ich werde vor allem diesem Hund, Queenie, keine Träne nachweinen. Meine Kinder haben Angst vor Hunden.« Jeremy hörte aufmerksam zu und lernte gleich seine Lektion, schon auf den Knien seiner Mutter sozusagen. »Sie glauben es vielleicht nicht, aber Patrick Selby war wild entschlossen, Dens Geschäft zu ruinieren, nur weil er mal diesem Köter eins übergezogen hatte. Also, ich muß schon sagen! Stellen Sie sich vor, jemandem die Lebensgrundlage entziehen zu wollen, nur weil er mal den Stock gegen ein Tier erhoben hat.«

Marvell sagte leise: »Der Hund ist von dem Biß genesen, der Mann – er war einmal gewesen –«

»Na ja, ich wollte nicht ...« Ein tiefes Rot kroch unkleidsam über ihre eingefallenen Wangen. Sie trat zurück. »Tut mir leid, ich kann Sie nicht mitnehmen, ich habe den Wagen voller Kinder.«

»Komm mit«, sagte Greenleaf. Er warf die Zeitung auf den Rücksitz. Marvell ließ sich auf den Beifahrersitz fallen.

»Tut mir leid«, sagte er. »Ich merke schon, dir gefallen meine detektivischen Methoden nicht. Aber es ist doch eigenartig, niemand mochte ihn. Seine Frau langweilte sich mit ihm, dem Liebhaber seiner Frau war er im Wege – oh, ich habe alles herausbekommen –, der Bruder seiner Freundin hatte Angst vor ihm. Sogar ich war böse auf ihn, weil er die schönen alten Bäume meines Vaters fällen ließ. Edith mochte ihn nicht, weil er ihre Kinder beeinflußte, und hier haben wir jetzt Smith-King. Würde mich mal interessieren, was er da vorhatte, Max. Er erzählte mir, er sei im Begriff, Aktien zu verkaufen, und wolle von dem Erlös sein Geschäft ein bißchen erweitern. Glaubst du, er hatte seine kalten Fischaugen auf Smith-Kings bescheidenen Betrieb geworfen?«

»Ich höre nicht zu.«

»Weißt du zufällig, womit sich Smith-King beschäftigt?«

»Chemikalien«, sagte Greenleaf.

»Arzneimittel hauptsächlich. Und ist dir auch klar, was das heißt? Er muß Zugang zu allem möglichen tödlichen Zeug haben. Oh, da ist ja auch noch Linda. Sie arbeitet bei Waller, und ich schätze, sie ist durchaus fähig, mal ein bißchen hiervon oder davon für ihre Mutter ›auszuleihen‹. Und was ist mit diesem Vesprid?«

Auch Bernice hatte auf ein Insektizid getippt. Greenleaf kamen Zweifel, bis ihm einfiel, was er ihr geantwortet hatte. »Du mußt damit aufhören«, sagte er. »Niemand konnte ins Haus, denn Tamsin war ja da.«

»Nicht die ganze Zeit über. Nachdem du weg warst, ist sie noch mal fortgegangen.«

»Was?« Greenleaf setzte den rechten Blinker und bog in die Long Lane. »Woher weißt du das?«

»Weil sie bei mir war«, sagte Marvell.

Greenleaf hatte Marvell eigentlich nur absetzen und gleich weiter nach Hause fahren wollen. Aber Marvells Enthüllung ließ die Dinge plötzlich in einem neuen Licht erscheinen.

»Sie kam«, fuhr Marvell fort, »um mir Johannisbeeren zu bringen. Erinnerst du dich? Sie pflückte sie vor der Party und hatte sie in einer Kietze.«

»Einer was?«

»Ach so, ich vergesse immer, daß du mit solchen Begriffen nicht vertraut bist. Das ist ein Tragekorb, den Gärtner benutzen. Ich hatte ihn in dem ganzen Wirbel stehenlassen, und Tamsin brachte ihn mir. Das muß so gegen Mitternacht gewesen sein.«

Mitternacht, dachte Greenleaf, und dann läuft sie allein durch den Wald. Sie kam hierher, während Patrick – auch wenn damals keiner wissen konnte, daß er im Sterben lag – immerhin krank und leidend war. Da geht sie los, um ein Körbchen mit Johannisbeeren abzuliefern! Es hatte keinen Sinn, niemals würde er die Gewohnheiten des englischen Landlebens verstehen. Tamsin aber war damit vertraut. Sie hatte in den zwei Jahren, die sie hier lebte, so viel von Marvell gelernt, als sei sie zwischen Feldern und Hecken aufgewachsen.

»Ich saß am Fenster und las noch einmal durch, was ich tagsüber geschrieben hatte, als ich draußen im Obstgarten jemanden sah.« Marvell kniete sich hin, um eine Stockrose anzubinden, die der Wind von der Verandamauer gerissen hatte. Greenleaf schaute zu, wie er den Stengel zurechtbog und die aufgeschürfte grüne Haut glattstrich. »In ihrem Kleid sah sie aus wie eine Motte oder ein Gespenst. Patrick mochte keine kräftigen Farben, weißt du. Sie trug den Korb und diese Strohtasche, die Edith Gaveston ihr zum Geburtstag geschenkt hatte. Ich war – nun, sagen wir, etwas überrascht, sie zu sehen.« Er erhob sich und trat auf die Veranda. Greenleaf hatte das Gefühl, sein Freund sei etwas verlegen, denn während er die Gießkanne aufnahm und anfing, die Pflanzen zu begießen, die dort in ihren Töpfen auf dem Regal standen, blieb sein Gesicht abgewandt.

»Sie ist also den ganzen Weg hierhergelaufen, um dir Johannisbeeren zu bringen?«

Marvell antwortete nicht. Statt dessen meinte er kurz darauf: »Das heißt natürlich, daß jeder Zutritt zum Haus gehabt hätte. Hier schließt keiner seine Türen zu – außer du und Bernice. Ich bin bis zu ihrer Gartenpforte mit ihr zurückgegangen.« Er strich über ein langes, speerförmiges Blatt, drehte sich dann abrupt um und stieß heftig hervor: »Mein Gott, Max, glaubst du, ich weiß es nicht? Wenn ich reingegangen wäre, hätte ich vielleicht noch etwas tun können.«

»Das konntest du ja nicht wissen.«

»Und Tamsin ...?«

»Dachte, er schläft«, vollendete Greenleaf den Satz. Dabei versuchte er einen beruhigenden Unterton in seine Stimme zu legen, den er nicht empfand. »Warum ist sie wirklich gekommen?«

Marvell war gerade dabei, mit den Fingerspitzen eine tiefgrüne Succulente zu liebkosen, an deren Blattspitzen sich wiederum winzige Blättchen zeigten.

»Die schwangere Frau«, sagte er. »Siehst du, sie hat ihre Kinder alle hier an den Blättern, und jedes wird wieder zu einer neuen Pflanze. Sie erinnert mich immer an die Blattformen in alten jakobinischen Stickereien. Und diese –«, er befingerte die Lanzettenblätter einer anderen Pflanze – »heißt Zunge der Schwiegermutter. Wie du siehst, habe ich einen richtigen Harem auf meiner Veranda.«

»Warum ist sie gekommen?«

»Das«, sagte Marvell, »ist etwas, was ich dir wirklich nicht sagen kann.«

Greenleaf schaute ihn nachdenklich an, unsicher, ob er meinte, er weigere sich, es ihm zu erzählen, oder er sei nicht in der Lage, es zu tun. Aber Marvell äußerte sich nicht weiter, und kurz darauf ließ der Doktor ihn allein.

Er wollte eigentlich nicht zurück ins Dorf fahren und in Wallers Laden gehen. Eigentlich wollte er nach Hause, aber irgend etwas trieb ihn weiter, den Hügel hinunter; Unbehagen vielleicht, oder das Wissen, daß Tamsin Patrick in der Nacht seines Todes allein gelassen hatte?

»Ich möchte eine Dose Vesprid bitte«, sagte er, Wallers überschwengliche Begrüßung unterbrechend. Statt nach Linda zu rufen, holte Waller die Dose selbst aus dem Regal.

»Ich nehme an, ich muß Handschuhe tragen und eine Maske, wenn ich es benutze«, sagte Greenleaf unschuldsvoll.

»Es ist für Warmblüter absolut harmlos ...« Wallers Stimme wurde immer leiser. In solcher Gesellschaft und nur in solcher war sein Selbstbewußtsein geschwächt. Seine innere Stimme sagte ihm, daß er für Greenleaf, Howard und Konsorten immer nur der Dorfdrogist sein würde.

»Auf jeden Fall ... aber, das muß ich *Ihnen* doch wohl nicht sagen, Doktor.«

Als er zu Hause war, schüttete Greenleaf die Flüssigkeit in eine kleine Flasche um und verpackte sie sorgfältig. Es war weit hergeholt, unglaublich weit; fast unvorstellbar, daß Edward Carnaby nach der Party noch einmal nach Hallows zurückgegangen war, und fast unglaublich, daß Fredas Geschichte von Gage und dem weißen Päckchen als Alibi für ihren Bruder gedacht war. Oder doch nicht? Er ging zurück zu seinem Wagen, fuhr zur Post und schickte sein Päckchen zur Analyse ins Labor.

12

Die Müllmänner vom Chantflower Rural Council hatten nicht mit dem zusätzlichen Abfallberg gerechnet, der sie an der Hintertür von Hallows erwartete. Sie meckerten lauthals herum und klagten über ausgerenkte Bandscheiben und die Überstunden. Queenie stand auf der Treppe und kläffte sie an.

»Also, wenn du dies hier zu Mrs. Greenleaf rüberbringst, geb ich dir einen Shilling«, sagte Tamsin zu Peter Smith-King. Er war erst zehn und schaute unschlüssig auf die beiden Koffer.

»Das bedeutet ein Extra-Taschengeld für deine Ferien. Komm schon, sie sind nicht so schwer, und du kannst ja zweimal gehen. Sag ihr, es sei für OXFAM.«

Der kleine Junge zögerte noch einen Moment, dann lief er nach Hause und holte seine Schubkarre. Er schob das Gefährt mit den beiden Koffern über The Green, trödelte am Teich herum, um einen Stein nach den Schwänen zu werfen, und fand Bernice auf dem Rasen beim Kaffee mit Nancy Gage und Edith Gaveston.

»Können wir mal einen Blick reinwerfen?« fragte Nancy. Ohne auf Antwort zu warten, klappte sie den größeren der beiden Koffer auf. Der Deckel fiel zurück und enthüllte auf einem Stapel von Kleidungsstücken – eine bastbestickte Strohtasche.

»Ach du liebes bißchen«, kreischte Nancy.

Edith errötete.

»Natürlich habe ich sofort gemerkt, daß sie ihr nicht

gefiel«, sagte sie. »Kaum ein Wort hat sie darüber verloren. Aber das ist wirklich ein starkes Stück!«

»Es gibt doch noch so was wie Taktgefühl«, meinte Nancy fröhlich.

Edith griff sich die Tasche und öffnete sie.

»Nicht mal das Papier hat sie rausgenommen.«

»Du liebe Güte!« Nancy kicherte. »Ich weiß nicht, was sie sich vorstellt, was ein halbverhungerter Asiate mit so einer Handtasche anfangen soll.« Sie rollte mit den Augen bei der Vorstellung, wie eine ausgemergelte Bäuerin Ediths Geschenk an ihre Lumpen gepreßt hielt.

»Die anderen Sachen sind aber sehr nützlich«, meinte Bernice versöhnlich.

Mit weit aufgerissenen Augen und entsetztem Staunen sah Nancy zu, wie die Frau des Doktors die Hose und das T-Shirt aus dem Koffer holte, die Patrick am Abend vor seinem Tod getragen hatte. Trotz der Reinigung haftete den Sachen etwas von Leichentuch an.

Gleich darauf kniete Nancy auf dem Rasen und wühlte hemmungslos. »Zwei Anzüge, Schuhe, Gott weiß wie viele Hemden.« Sie machte den zweiten Koffer auf. »Patricks gesamte Garderobe!«

»Also, wenn Paul mal nicht mehr ist …« Edith begann detailliert zu beschreiben, was sie im Falle seines Todes mit den Sachen ihres Mannes machen würde. Während sie redete, packte Bernice stillschweigend alles wieder ein und holte neuen Kaffee.

Als sie zurückkam, merkte sie, daß das Gespräch eine andere, hochinteressante Wendung genommen hatte. Die Gesichter der beiden Frauen unter der Zeder hatten einen teuflischen, unheilvollen Ausdruck angenommen. Als sie näher kam, hörte sie Worte wie ›sehr labil‹ und ›insgesamt eine eigenartige Familie‹.

Wie schwierig war es doch, seine Ohren vor Klatsch zu verschließen, wie unmöglich, Freunde zu maßregeln! Bernice setzte sich wieder, hörte zu, beteiligte sich aber nicht am Gespräch.

»Natürlich kenne ich keine Einzelheiten«, meinte Nancy gerade.

»Schwarz bitte, Bernice«, sagte Edith. »Nun, diese Mrs. Selby – ich meine Patricks Mutter –, ganz schön verwirrend, oder? Diese Mrs. Selby ist mit einem anderen Mann durchgebrannt. Als ich ein Mädchen war, sagten wir durchbrennen.« Sie ließ das Wort genüßlich auf der Zunge zergehen. »Anscheinend waren sie jahrelang glücklich verheiratet. Als sie fortging, war Patrick schon erwachsen. Sie muß so um die Fünfzig gewesen sein damals, und der Mann war noch älter, meine Liebe. Wie auch immer, sie überredete Patricks Vater, sich scheiden zu lassen, und er willigte ein, aber ...«

»Ja?« Nancys unbedarftes, aber teuflisches Gesicht konnte niemanden täuschen. Die Mundwinkel waren nach unten gebogen, aber ihre lebhaften Augen flackerten.

»Aber an dem Tag, als die Scheidung ausgesprochen wurde, vergaste sich Patricks Vater!«

»Nein!«

»Tja, meine Liebe, das war ein ziemlicher Skandal. Und das ist noch nicht alles. Die alte Mrs. Selby, die Großmutter, auch Tamsins Großmutter – schrecklich, diese Inzucht. Man sieht ja, wohin es bei Hunden führt! Also, die Großmutter machte bei der anschließenden Verhandlung eine furchtbare Szene. Sie schrie, ihr Sohn wäre noch am Leben, wenn diese Scheidung nicht gewesen wäre.«

Bernice rückte ihren Stuhl in den Schatten. »Ich

glaube, du übertreibst ein bißchen, Edith. Das kannst du doch gar nicht alles so genau wissen.«

»Im Gegenteil, ich weiß es sogar sehr genau.« Edith richtete sich auf, ganz die Gutsherrngattin beim nachmittäglichen Kaffeebesuch. »Zufälligerweise habe ich damals den Bericht darüber in der *Times* gelesen. Irgendwie ist mir die Geschichte im Gedächtnis hängengeblieben, und als Nancy den Selbstmord erwähnte, fiel es mir wieder ein. Selby, die Glashütte, ohne Zweifel ein und dieselbe Familie.«

»Das ist alles sehr traurig.« Dabei schaute Bernice so zwingend in die Runde, daß Nancy – Kekskrümel um sich verstreuend – aufsprang.

»Ich liebe euch, drum laß ich euch«, zwitscherte sie. »Ach, Bernice, was ich noch fragen wollte. Wissen Sie, wie der Mann hieß, der Ihr Gartenhaus gebaut hat?«

»Ich kann mich nicht erinnern, aber Max wird es wohl wissen.«

Nancy wartete auf die Frage nach dem Warum. Als sie nicht kam, sagte sie stolz: »Wir wollen nun doch endlich erweitern. Aber Oliver sagt, Henry Glide ist ihm ein bißchen zu teuer. Eine Sonnenloggia ...« Sie machte eine bedeutungsvolle Pause. »Und ein Platz für den Kinderwagen!«

»Nancy, da ist doch nichts ...? Wie wunderbar!«

»Nein, nein, noch nicht.« Nancy zog den Bauch ein und lachte. »Aber Oliver meint, wir könnten es jederzeit ansetzen, wenn ich nur wollte.«

Bernice versuchte ihr Lächeln über diesen albernen Ausdruck zu unterdrücken und versicherte noch einmal, wie schön sie es fände.

»Oliver ist wirklich so was von süß und läßt mich kaum mehr aus den Fingern. Seit Monaten hat er nicht mehr so herumgeturtelt. Sind Männer nicht die Unberechenbarkeit in Person?«

Eigentlich müßte ich mich bei Tamsin für die Kleiderspende bedanken, dachte Bernice, als die beiden gegangen waren. Aber sie zögerte. Kaum jemand hatte Tamsin seit ihrer Rückkehr zu Gesicht bekommen. Sie war so eine Art schlafende Schönheit geworden, eingeschlossen in ihrem gläsernen Schloß – oder eine Zauberin, die in ihrem Schlupfwinkel auf der Lauer lag. Bernice konnte sich nicht entscheiden, was sie über Tamsin denken sollte. War sie wirklich böse, oder hatte all der Klatsch in ihrer Phantasie eine unwirkliche Tamsin entstehen lassen, eine verlogene, raffinierte Giftmörderin? Wie auch immer, sie mußte höflich sein und hingehen.

Als sie über The Green eilte, traf sie Peter, der dort auf seiner Schubkarre saß.

»Ich bin hingegangen, weil ich meinen Shilling abholen wollte, aber ich hab *sie* nicht gefunden.« Er nahm einen flachen Stein auf und konzentrierte sich darauf, ihn übers Wasser springen zu lassen. »Der Hund ist aber da.«

Er sagte dies ganz nebenbei, doch Bernice erinnerte sich daran, was Max ihr erzählt hatte, und fühlte Angst aufsteigen.

»Ich wollte gerade hingehen«, sagte sie. »Du kannst mitkommen, wenn du willst.«

Queenie war tatsächlich da, also mußte auch Tamsin irgendwo sein. Als sie die Hand ausstreckte, um die weiche Hundeschnauze zu berühren, hatte Bernice das merkwürdige Gefühl, daß eigentlich etwas bei ihr klicken müßte. Wenn Tamsin ohne den Hund wegging, sperrte sie ihn immer in die Küche. Der Weimaraner war sowohl Wach- als auch Jagdhund. Was hatte Max ihr noch gestern abend über Tamsins Besuch bei Crispin Marvell erzählt? Sie blieb stehen und grübelte. Tamsins Stimme von oben unterbrach ihre Überlegungen.

»Komm ruhig rein, ich war im Bad.«

Peter stahl sich vorsichtig an dem Hund vorbei.

»Geh ins Eßzimmer, ich komme gleich nach.«

Bernice drückte die Doppeltüren auf, und Peter ging hinein. Die Tür zum Eßzimmer war angelehnt. Der Junge stapfte brav voraus, während Bernice wartend in der Halle stehen blieb. Das letzte, was sie wollte, war bleiben und reden.

Sie hatte erwartet, daß Peter sich hinsetzen und auf seine Belohnung warten würde, aber er blieb wie angewurzelt stehen und starrte etwas an. Sie wollte nicht in den Raum hineinschauen und sah nur die Gestalt des Kindes im Profil, stocksteif, wie eine Statue. Dann kam er rückwärts wieder heraus, als wolle er sich vor einer hochgestellten Persönlichkeit zurückziehen. Er schaute sie an, sein Gesicht war blaß, aber gefaßt.

»Puhh«, machte er.

Nun wußte sie, was er gesehen hatte. Nichts anderes konnte diese komische Blässe, sogar bei einem Zehnjährigen, hervorgerufen haben. Sie schloß energisch die Tür und wandte sich um. Da stand Tamsin hinter ihr, ganz nah, sehr sauber und glänzend wie eine Wachspuppe in ihrem rosa-weißen Morgenmantel. Bernice hätte beinah aufgeschrien vor Schreck und hatte plötzlich entsetzliche Angst. Tamsin war so leise heruntergekommen, das Kind schwieg, und jetzt waren auch noch alle Türen zu.

»Was hat er denn?«

Wäre Peter ihr eigenes Kind gewesen, hätte Bernice ihn in die Arme genommen und seine schmutzige kleine Wange an ihr Gesicht gedrückt. Aber sie konnte ihm diesen körperlichen Trost nicht geben. Er war zu alt für Liebkosungen und zu jung für Erklärungen. Mit unsicherer Stimme sagte sie: »Ich glaube, er hat dieses Bild gesehen.«

»Ganz schön gruselig«, sagte Tamsin. Sie schaute Peter an, als sähe sie nicht ihn, sondern ein anderes Kind, das durch seine Augen zu ihr aufschaute. »Patrick war gerade so alt wie du, als er das Bild zum erstenmal sah, aber er war nicht so tapfer wie du. Er lief weg, und dann passierte *es*. Da war vielleicht ein Theater, du kannst es dir nicht vorstellen.«

Bernice wollte gerade fragen, was denn geschehen war, als Peter mißmutig sagte: »Kann ich meinen Shilling haben?«

»Aber natürlich. Da liegt er schon auf dem Tisch und wartet auf dich.«

Der Augenblick der Enthüllung war vorüber. Tamsin dachte offenbar, Bernice sei mitgegangen, um dem Jungen moralische Unterstützung zu gewähren, denn sie öffnete die Tür, um beide hinauszulassen.

»Ich bin nur gekommen, um dir für die Sachen zu danken.«

»Freut mich, wenn du sie gebrauchen kannst. Und jetzt muß ich euch beide rauswerfen. Gleich kommen Leute, die sich das Haus ansehen wollen.«

Edith war die erste in Linchester, die vom Verkauf von Hallows hörte. Sie erfuhr es von dem Gärtner, den die Gavestons und Tamsin gemeinsam beschäftigten. Gleich nachdem er es ihr bei der morgendlichen Teepause im Hauswirtschaftsraum erzählt hatte, ging sie zu Mrs. Glide rüber, um ihr die Neuigkeit zu berichten. Henry sollte eigentlich froh darüber sein, daß sein

Werk Gnade vor den Augen der Käufer gefunden hatte. Auf dem Rückweg traf sie Marvell, der gerade mit seinen bescheidenen Einkäufen aus dem Dorf zurückkam.

»Das war erst gestern«, sagte sie zu ihm. »Und sie haben ihr sofort ein Angebot gemacht. Diese *nouveaux riches!* Die kaufen und verkaufen Häuser wie andere ihre Aktien an der Börse.«

Marvell verzog die Lippen und hörte ernsthaft zu.

»Also, in unserer Jugend, da war ein Haus noch ein Haus. Der Großvater hatte schon darin gewohnt, und im Laufe der Zeit übernahmen dann die Enkel.« Und mit unvergleichlicher Gefühllosigkeit schloß sie: »Es war einfach da wie der Stein der Ewigkeit.«

Er lächelte, murmelte etwas, während seine Gedanken heftigst arbeiteten. Also würde Tamsin bald fortgehen, fliehen ... Als Edith weg war, ging er langsam über The Green auf Shalom zu. Er versuchte es an der Vorder- und der Hintertür. Beide waren abgeschlossen. Die Greenleafs waren Städter, immer in Angst vor Einbrechern, vorsichtige Leute, die jedoch ihre Abwesenheit durch vorgeschobene Riegel und verdächtig geschlossene Fenster dokumentierten. Marvell kritzelte etwas auf den Kassenzettel des Gemüsemannes und hinterließ die Nachricht, mit einem Stein beschwert, auf der Treppe am Hintereingang.

Greenleaf fand den Zettel, als er um ein Uhr nach Hause kam.

›Kannst du heute nachmittag mal bei mir vorbeikommen?‹ las er. ›Ich habe dir etwas zu sagen, CM.‹

Er unterdrückte einen Seufzer. Tamsins Abreise war abzusehen, und damit würden die Gerüchte sicherlich aufhören. In vierzehn Tagen fuhr er in Urlaub, und bei seiner Rückkehr war Nancy wahrscheinlich zu sehr mit Plänen für das Baby beschäftigt und Freda durch die Beruhigungsmittel eingelullt, um sich über die entschwundenen Selbys noch groß Gedanken zu machen. Aber trotzdem, dachte er, während er anfing, den kalten Imbiß zu verspeisen, den Bernice ihm hingestellt hatte. Vielleicht wollte Marvell ja etwas völlig anderes von ihm. Früher war er öfter zu einer Injektion Cortison gerufen worden, wenn Marvell betäubt und fast blind von seinem Heuschnupfen war. Ohne Telefon war er gezwungen, selbst vorbeizukommen oder eine Nachricht zu hinterlassen. Es war ja immerhin möglich, daß er dem Doktor nur sein Manuskript zeigen wollte, vielleicht hatte er es endlich fertig. ›Ich habe dir etwas zu sagen ...‹ Patrick. Er konnte nur Patrick meinen. Wahrscheinlich eine neue Theorie von einem nicht nachweisbaren Gift. Na gut, auch eine Möglichkeit, den freien Nachmittag zu verbringen.

Während er seinen Teller abspülte und im Geschirrständer zum Trocknen abstellte, überlegte er mit jener Spur von Überheblichkeit, die er sich gelegentlich gestattete, daß all das Gerede vom hohen Lohn einer medizinischen Berufung meist eines außer acht ließ: das Vergnügen, das es bereitet, Laientheorien in Grund und Boden zu stampfen.

Marvell saß auf der Holzbank neben seiner Hintertür und las ein Rezept für Ratafia nach. Es war ein altes Rezept und gehörte zu einer Sammlung, die seine Mutter angelegt hatte, als sie noch Schloßherrin von Linchester war. Aus einer langen Reihe von Vorfahren war es ihr – immer von Mutter zu Tochter – vererbt worden. Brandy, Pfirsichkerne, Zucker, Honig, Orangenblütenwasser ... Er hatte weder Pfirsiche noch das Geld, sich welche zu kaufen. Das Rezept schrieb 500 Kerne vor, und während er sich von den warmen, milden Strahlen der Nachmittagssonne bescheinen ließ, stellte er sich genüßlich die Vorarbeiten zur Herstellung von Ratafia vor: den Verzehr dieser 500 reifen Pfirsiche.

Kurz darauf erhob er sich und ging um das Haus herum. Dabei berührte er die Backsteine, die auch pfirsichfarben waren. Als er an die Seite kam, an der Henry Glide den Riß entdeckt hatte, das schreckliche Zeichen dafür, daß das ganze Gebäude anfing sich zu senken, schloß er die Augen und sah einen Augenblick lang nichts als rote Nebelschwaden voller wirbelnder Gegenstände. Doch dann zwang er sich, nach dem Riß zu tasten; denn er weigerte sich, seine Augen vor Tatsachen zu verschließen, sich selbst etwas vorzumachen. Er zwang sich dazu wie einer, der Angst vor Krebs hat und doch beherzt die Geschwulst in seinem Körper befühlt.

Als Greenleaf hinter ihm hustete, zuckte er zusammen.

»Ich gäbe was dafür, deine Gedanken lesen zu können.«

»Das käme dich ganz schön teuer«, meinte Marvell leichthin. »Um es genau zu sagen, 1000 Pfund.«

Greenleaf sah ihn forschend an.

»Das«, sagte Marvell, »ist der Preis, den Glide bereit ist, mir für dieses Stück Land zu zahlen.«

»Du willst verkaufen? Aber das hier – ich dachte, du hängst daran.« Greenleaf beschrieb mit gespreizten Fingern einen weiten Bogen, der das niedrige, doch elegante Haus, den kurzgeschnittenen Rasen, den Obstgarten und die Weißdornhecke, über die Geißblatt kletterte – ein Parasit, reizvoller als sein Opfer –, mit einbezog. Dem Doktor bedeutete all das wenig. Aber durch einen gewaltigen Akt des Einfühlungsvermögens hatte er begreifen gelernt, welchen Wert es für seinen Freund hatte. Sogar er, der kaum eine Rose von einer Lilie unterscheiden konnte, merkte, daß hier die Luft süßer roch, die Hitze zu wohltuender Milde abgeschwächt war. »Das Haus hier. Es ist so alt. Es ist so schön altmodisch.« Hilflos fügte er hinzu: »Die Leute mögen so was. Du würdest bestimmt einen Käufer finden.«

Marvell schüttelte den Kopf. Er hielt immer noch das Rezeptbuch in der Hand, und langsam begann in seinem Kopf ein Gedanke Gestalt anzunehmen: Ich werde etwas Ratafia machen, nur eine kleine Menge, die ich dann mitnehme, die mich erinnert ...

Laut sagte er zu Greenleaf: »Es fällt zusammen. Die Baubehörde meint, es sei nicht mehr sicher. Ich hatte neulich Glide hier, um mal danach zu sehen. Alles, was er dazu sagte, war, er würde mir tausend für das Grundstück geben.«

»Wie lange weißt du das schon?«

»Oh, ungefähr einen Monat. Tausend ist nicht schlecht, weißt du. Als die Marvells damals Andreas Quercus – er hieß in Wirklichkeit Andrew Oakes oder so ähnlich –, als sie ihm den Auftrag gaben, die Häuser hier für vier alte Leute aus der Gemeinde Chantflower zu bauen, kümmerte es sie wenig, daß man nur über einen Schlammweg herkommen konnte. Und die Alten waren viel zu dankbar, als daß es ihnen etwas ausgemacht hätte.«

Greenleaf empfand die völlige Unzulänglichkeit seiner Worte, aber er sagte: »Das tut mir leid. Wo willst du dann leben?« Viele Fragen schossen ihm durch den Kopf. Hast du Geld? Wovon wirst du leben? Er konnte nicht einmal im Traum daran denken, sie zu stellen. Die Nähe von Linchester machte Armut zu einer besonders schmachvollen Angelegenheit.

»Ich denke, ich kann mir irgendwo ein Zimmer nehmen. Ich kann unterrichten. Ich werde meine 1000 Pfund haben. Du wärst wahrscheinlich überrascht, wenn du wüßtest, wie lange ich von tausend Pfund leben kann.« Er lachte trocken, und Greenleaf, der ihn nun im Lichte dieses Gespräches sah, fiel auf, wie hager er war. Deshalb also hatte Marvell ihn hergebeten, weil er sich das von der Seele reden wollte. Ich muß mal überlegen, dachte er bei sich, ob ich nicht etwas zusammenkratzen kann, gerade so viel, um ihm über die Runden zu helfen und das Haus wieder zu renovieren. Aber Marvells nächste Worte verscheuchten zunächst einmal alle Gedanken an ein Darlehen.

»Heute morgen habe ich Edith getroffen«, sagte er, »als ich vom Einkaufen kam. Sie hat mir erzählt, Tamsin habe das Haus verkauft. Irgendwelche Leute waren da und haben ihr ein Angebot gemacht.«

»Dann reist sie wohl bald ab«, meinte Greenleaf erleichtert.

»Und da vielleicht keiner von uns sie je wiedersehen wird, kann ich dir jetzt wohl auch erzählen, weshalb sie in der Nacht, als Patrick starb, bei mir war.«

Er sah sie wieder vor sich, wie sie in jener Nacht durch den Obstgarten gekommen war, bleich im Mondlicht in ihrem nebelgrauen Kleid, und den Korb schwingend. Sie wirkte noch bleicher, als sie in den Schein der Lampe trat. In seiner lebhaften Phantasie erschienen ihm die Johannisbeeren wie blutrot geäderte Perlen aus weißer Jade. Trotz ihrer affektierten Sprechweise, die Superlative kamen ihr so leicht über die Lippen, daß sie Bedeutung und Kraft verloren, war ihr Gesicht immer eine Maske gewesen, ein Schild, bewußt zur Tarnung intellektueller Schläue erhalten, oder vielleicht ein Zufallstrick der Natur, hinter dem sich nur Leere verbarg.

Zu Greenleaf sagte er: »Ich glaube, sie ist tatsächlich ziemlich schlau.«

Er hatte sich aus dem Fenster gebeugt und nach ihr gerufen, dann war er ihr in den Garten entgegengegangen und hatte sich nach Patrick erkundigt.

»Ach, Patrick – er hat mir meine schöne Party verdorben. Der Kerl kann einen verrückt machen.«

»Du hättest nicht allein mitten in der Nacht hierherkommen sollen. Ich an deiner Stelle wäre morgen gekommen.«

»Crispin, Lieber, wie sollte ich wissen, was du hier allein in deinem bezaubernden Häuschen treibst? Es hätte ja sein können, daß du heute, zu einer bestimmten Zauberstunde, deinen Wein braust.«

»Ich werde dich zurückbegleiten.«

Aber sie hatte schon die Tür aufgemacht und zog ihn hinter sich in die kleine, feuchte Küche. Der Duft der Nacht kam mit ihr herein, und als sie einen Moment neben ihm stand und zu ihm aufsah, nahm er den intensiveren Duft ihres Parfums wahr, *Nuit de Beltane,* exotisch und in einem englischen Garten ganz und gar deplaciert. Die Essenz, mit ihrer Andeutung von Hexenzauber, verstärkte die Atmosphäre magischer Unwirklichkeit.

»Also setzten wir uns«, fuhr er fort und bewegte die Schultern, wie um eine Erinnerung abzuschütteln. »Wir saßen ein ganzes Stück voneinander entfernt, aber die Lampe stand zwischen uns, und du weißt, was Öllampen für eine Wirkung haben. Sie scheinen dich in einen heimeligen kleinen Kreis einzuschließen. Eine Weile redeten wir über dies und das. Dann, ganz plötzlich, fing sie an, über uns zu reden. Wie vieles wir doch gemeinsam hätten, wie wir beide das Landleben liebten und daß zwischen uns immer schon eine Art Band gewesen sei. Max, ich fühlte mich sehr unwohl bei der ganzen Sache.«

»Und dann?«

»Ich möchte, daß du verstehst, wie ungewöhnlich intim die ganze Situation war, die Dunkelheit um uns, der Lichtkreis der Lampe. Nach einer Weile stand sie auf und setzte sich neben mich auf den Schemel. Sie nahm meine Hand und sagte, ich hätte ja sicher gemerkt, daß sie mit Patrick schon lange nicht mehr glücklich sei. Sie hat so eine dicke Haut, die nicht rot wird, aber ich spürte das Erröten trotzdem.«

»Jeder Mensch kann rot werden«, warf der Doktor ein.

»Na gut, sei es, wie es wolle, sie redete weiter, meinte, sie wisse, warum ich so oft zu ihnen käme. Ich antwortete nicht. Es war schrecklich peinlich. Sie hielt immer noch meine Hand. Erst heute, fuhr sie fort, habe sie gemerkt, was ich für sie empfände, als ich ihr die Rosen und den Wein brachte. Max, glaub mir, es waren einfach nur Geschenke an eine hübsche Frau von einem Mann, der sich Parfum oder Schmuck nicht leisten kann.«

»Ich glaube dir.«

»Plötzlich sagte sie dann sehr abrupt: ›Patrick will mich verlassen. Er möchte die Scheidung. In einem Jahr werde ich frei sein, Crispin.‹ Es war ein unverblümter Heiratsantrag.« Marvell sprach rasch weiter. »Ich möchte nicht heiraten, Max. Einmal kann ich es mir nicht erlauben. Alle denken, es ginge mir gut; Tatsache ist aber, daß die Erbschaftsteuer den größten Teil dessen, was mein Vater damals für den Verkauf von Linchester bekam, geschluckt hat. Was übrig war, wurde zwischen meinem Bruder, meiner Schwester und mir geteilt, und mein Anteil ging für den Kauf der Altenhäuser hier drauf. Die Familie hatte sie lange zuvor veräußert. Aber all das konnte ich Tamsin nicht sagen. Ich hatte das Gefühl, sie würde mir dann vielleicht ihr eigenes Geld anbieten.«

»Dieses mysteriöse Privateinkommen«, meinte Greenleaf.

»Nicht mysteriös. Es sind ungefähr 50000 Pfund – das Grundkapital meine ich –, aber Tamsin kann nicht ran. Es ist in Öl oder so was angelegt, und sie hat dieses Einkommen zeitlebens. Ich glaube, es würde an ihre Kinder übergehen, sollte sie je welche haben. Du siehst also, ich konnte nicht über Geld mit ihr reden. Statt dessen sagte ich ihr, ich sei zu alt für sie. Ich bin fünfzig, Max. Sie hat eine Menge natürlicher Würde, aber ich dachte, sie würde anfangen zu weinen. Ich zögere nicht, dir zu gestehen: Das war die peinlichste Situation, in die ich je geraten war. Ich nehme an, ich war schwach. Ich erklärte ihr wahrheitsgemäß, daß sie die schönste und aufregendste Frau sei, die ich kenne. Dann fügte ich hinzu: ›Warte, bis das Jahr vorbei ist. Dann werden wir sehen, ob du deine Meinung nicht geändert hast.‹ Aber sie lachte nur. Sie stand auf, war jetzt außerhalb des Lichtkreises und meinte ziemlich kühl: ›Patrick wird wahrscheinlich Oliver Gage als Scheidungsgrund angeben. Ich hatte eine Affäre mit ihm, wußtest du das?‹ Mir war klar, daß sie damit sagen wollte, ich hätte Gages Hinterlassenschaft übernommen.«

»Und das war alles?«

»Das war's, oder beinah. Ich schüttete die Johannisbeeren in eine Schüssel um und ging mit ihr zurück. Den ganzen Weg sagte sie kein einziges Wort, und am Tor trennten wir uns.«

»Bist du jemandem begegnet?«

»Nein, keiner Menschenseele. Es war alles so außergewöhnlich wie ein Traum. Das Sonderbarste aber geschah, als ich sie am nächsten Tag, dem Tag nach Patricks Tod, besuchte. Am liebsten wäre ich nicht hingegangen, aber ich fühlte mich doch verpflichtet dazu. Sie war kalt wie Eis. Nicht unglücklich, verstehst du; mein Eindruck war eher der von Glück und Freiheit. Aber sie verhielt sich, als sei sie nie bei mir gewesen. Dann, als sie zurück war, traf ich sie mit Queenie bei einem Spaziergang in Long Lane. Sie winkte und sagte: ›Hallo.‹ Ich fragte, wie es ihr ginge, und sie antwortete: ›Gut. Ich verkaufe und gehe so schnell wie möglich hier weg.‹ Das klang so formell, als seien wir nie mehr als nur flüchtige Bekannte gewesen.«

»Seltsam«, meinte Greenleaf.

»Ich muß dir gestehen, Max«, lächelte Marvell, »es war eine riesige Erleichterung.«

Dritter Teil

13

Zwei Tage später begann Marvell mit der Honigernte. Greenleafs Glas stehe am Nachmittag für ihn bereit, sagte er dem Doktor; wenn er Lust habe, könne er es abholen. Aber um halb vier saß Greenleaf immer noch in seinem Liegestuhl im Schatten der Zeder. Bernice war ausgegangen, und er döste vor sich hin. Jedesmal, wenn er einnickte, krochen Traumfetzen in ihm hoch, grelle Visionen und keine tatsächlichen Episoden. Es waren unerfreuliche Eindrücke, und sie spiegelten ein Unterbewußtsein wider, von dem er selbst nichts geahnt hatte. Das Schlimmste war eine abscheuliche Gemme von Tamsins Gemälde, die sich in die Luft schraubte und sich vergrößerte, sich verzerrte und verformte, bis aus dem Haupt auf dem Teller Patricks wurde. Ein schrilles, eindringliches Klingeln ließ ihn schließlich hochfahren. Das Bewußtsein, die Wirklichkeit kehrte zurück, während er in der vertrauten Berührung des Leinenstoffes, dem kühlen, federnden Gras Beruhigung suchte. In den vergangenen paar Tagen hatte er beinah schon seinen Seelenfrieden wiedergefunden. War doch noch alles da, dicht unter der Oberfläche? Dieser Strudel von Furcht, Zweifeln und Unentschlossenheit? Das Klingeln hielt an, und er merkte plötzlich, daß das Geräusch nicht aus seiner Traumwelt kam, sondern von einer wirklichen Glocke, der Telefonglocke.

Er erinnerte sich, daß er ja eigentlich Dienst hatte, und hastete hinein. Es war Edward Carnaby.

»Ich dachte schon, Sie wären nicht da«, sagte er vorwurfsvoll. »Es geht um meine Tochter Cheryl. Eine Wespe hat sie in die Lippe gestochen, Doktor. Sie und Freda waren zu einem kleinen Picknick beim Teich, und diese Wespe saß auf einem Stück Kuchen ...«

»In die Lippe?« Greenleafs Gedanken wanderten von Patrick zu dem toten Bergmann. »Doch nicht im Mund?«

»Nun, beinah. An der Innenseite der Lippe. Sie ist halb tot vor Schreck. Daran ist Freda nicht ganz unschuldig, wenn ich mal so sagen darf. Jetzt schluchzen sie beide steinerweichend.«

»Also gut, ich komme.«

»Ich dachte, die Wespenzeit hätten wir hinter uns«, sagte er, als er ins Wohnzimmer der Carnabys trat. Sicher war es der einzige Wohnraum, den sie hatten; trotzdem erschien es ihm höchst merkwürdig, daß die Teppichmitte völlig von etwas eingenommen wurde, das aussah wie die Einzelteile eines Verbrennungsmotors.

»Sie müssen die Unordnung entschuldigen, Doktor«, sagte Carnaby und machte sich bei seinem hastigen Versuch, Greenleaf einen Weg durch das Gewühl zu bahnen, die Finger schwarz. »Ich habe es mir bei der Volkshochschule ausgeliehen. Irgendwie scheine ich nicht recht zu verstehen ...«

»Das spielt doch jetzt alles keine Rolle.« Freda saß auf dem Sofa und preßte das Kind in einer schraubstockartigen Umarmung an ihre sorgfältig gestärkte Bluse. Greenleaf stelzte zu ihr hinüber, wobei er behutsam über Spiralen, Federn und Rädchen stieg. Selten hatte er einen Menschen so angespannt gesehen. Ihr Mund war zusammengepreßt, als knirsche sie mit den Zähnen, und Tränen liefen ihr über die Wangen.

»Sagen Sie schnell, Doktor, wird sie sterben?«

Cheryl wehrte sich heftig und begann zu heulen.

»Natürlich wird sie nicht sterben«, antwortete der Doktor in scharfem Ton, während Carnaby zu seinen Füßen mit Metallteilchen herumfummelte.

»Doch, sie wird sterben. Sie sagen das nur so. Sie werden sie mit ins Krankenhaus nehmen, und wir sehen sie nie wieder.«

Ihr Gefühlsausbruch überraschte ihn, denn sie hatte nie den Anschein erweckt, als mache sie sich besonders viel aus dem Kind. Patricks Tod mußte eine tiefe Wunde hinterlassen haben, die nun vielleicht von neugefundener mütterlicher Liebe geheilt wurde. Patrick, immer wieder Patrick ... Er warf einen raschen Blick auf Carnaby und überlegte dabei, wann wohl der Analysebericht des Labors kam. Dann wandte er sich mit energischer Stimme Freda zu.

»Wenn Sie sich nicht in der Gewalt haben, Miss Carnaby, sollten Sie lieber hinausgehen.«

Sie schluckte.

»Na, dann laß uns mal schauen, Cheryl.« Er schob Freda beiseite und nahm dem Kind sanft das Taschentuch vom Mund. Die Unterlippe wölbte sich in einer grotesken Schwellung vor und erinnerte ihn an Bilder entenschnäbliger Frauen eines bestimmten Negerstammes, die er einmal gesehen hatte. Er wischte ihr die Augen. »Du wirst ein paar Tage etwas komisch aussehen.«

Das Kind versuchte ein Lächeln. Sie rückte von ihrer Tante ab und strich sich eine Haarsträhne aus den großen, ausdrucksvollen Augen – Augen, die sie ganz sicher von ihrer Mutter geerbt hatte.

»Mr. Selby hatte Wespenstiche«, sagte sie und warf Freda einen altklugen Blick zu. »Ich habe Daddy davon reden hören, als sie von der Party zurückkamen. Ich war nämlich noch wach. Ich schlafe nie, wenn ein Babysitter da ist.« Ihre Lippe zitterte. »Es war diese Mrs. Staxton. Sie hat gesagt, Wespen seien richtig gefährlich, und sie hätte Angst vor ihnen. Da sagte Daddy, daß er so ein Zeug hat, und sie könnte die Dose mitnehmen. Und das hat sie dann auch gemacht, sie hat sie mit nach Hause genommen, und das war gut, denn Wespen *sind* gefährlich.«

Greenleaf seufzte vor heimlicher Erleichterung. Der Bericht aus dem Labor spielte damit kaum mehr eine Rolle. Da erhob sich Cheryls Stimme in neuer Panik. »Mr. Selby ist gestorben. Tante Free sagt, ich kann auch sterben.«

Greenleaf kramte in seiner Tasche nach einem Six-Pence-Stück. »Am Green drüben ist ein Eismann«, sagte er. »Wenn du dich beeilst, erwischst du ihn noch. Kauf dir ein Eis.«

Carnaby schaute ihn an, den Mund zu einem törichten Lächeln verzogen, wie bei einem widersinnigen Witz. »Es wird ihrer Lippe guttun.«

Freda sah ihr mit tragischem Blick nach. Sie dachte offenbar, Greenleaf hätte das Kind weggeschickt, um vertrauliche Informationen über ihr mögliches Schicksal loswerden zu können. Sie wirkte beinah beleidigt, als er statt dessen sagte: »Patrick Selby ist *nicht* an Wespenstichen gestorben. Ich dachte, Sie besitzen etwas mehr gesunden Menschenverstand, Miss Carnaby. Einem achtjährigen Kind vom Sterben zu erzählen! Was ist nur in Sie gefahren?«

»Jeder weiß, daß Patrick nicht an Herzversagen gestorben ist«, widersprach sie eigensinnig.

Greenleaf ließ das durchgehen. Ihr Busen hob und senkte sich heftig. Die Tränen hatten runde, feuchte

Flecken auf dem dünnen Material ihrer Bluse hinterlassen, durch die man Rüschenträger sehen konnte.

»Er muß an den Stichen gestorben sein«, beharrte sie. »Und er hatte nur vier.«

»Fünf, aber das spielt ja keine Rolle. Cheryl ...«

»Das stimmt nicht. Er hatte nur vier. Ich habe bei ihm gesessen und es genau gesehen.«

Ungeduldig erwiderte Greenleaf: »Ich würde die Sache endlich ruhen lassen, Miss Carnaby.«

Edward Carnaby, der die ganze Zeit über geschwiegen und völlig willkürlich Dinge wie Sperrstangen und Dichtungsringe aufgehoben hatte, mischte sich plötzlich in ziemlich aggressivem Ton ein. »Nun, das ist eine Sache der Genauigkeit, nicht wahr, Doktor? Selby hatte genau vier Stiche. Ich stand im Bad und sah, wie er gestochen wurde. Falls Sie nicht den Stich mitzählen, den er ein paar Tage vorher schon hatte.«

»Einen im Gesicht«, sagte Freda. »Zwei auf dem linken Arm und einen an der Innenseite des rechten Arms. Ich dachte, Cheryl – nun, es hätte ihr doch genauso gehen können, oder nicht?« Der Schluchzer, der ihr aus der Kehle stieg, klang ein bißchen wie ein Schluckauf. »Sie ist alles, was mir geblieben ist jetzt«, sagte sie. »Patrick – ich hätte ihm Kinder geboren. Er wollte Kinder haben. Ich werde nie heiraten, niemals, nie!«

Carnaby schob den Doktor in den Flur und stieß die Tür mit dem Fuß hinter sich zu. Greenleaf fragte sich, ob Fredas erneutes Weinen durch wirklichen Kummer hervorgerufen wurde oder durch die Angst vor möglichen Schäden am Lack. Als er mit Carnaby noch im Flur stand und Beruhigendes murmelte, fiel der Groschen.

»Sie kommt wieder zu sich«, sagte er mechanisch. »Keine Sorge.« Die Sorge hatte jetzt er.

Dann ging er, er rannte beinah.

Zu Hause in Shalom erwartete ihn sein Liegestuhl. Er setzte sich in dem Bewußtsein, ohne einen Gruß, ohne auch nur mit einem Lächeln an Sheila Macdonald und Paul Gaveston vorbeigegangen zu sein. Sie waren, verglichen mit der Realität seiner Gedanken, bloße Schatten gewesen. Er sah Patricks Leichnam vor sich, dort in dem Bett in Hallows an jenem Sonntagmorgen, die dünnen, sommersprossigen Arme auf der Bettdecke ausgestreckt, die Pyjamaärmel kühlesuchend nach oben geschoben. Und auf der wächsernen, gesprenkelten Haut die roten Schwellungen. Ein Stich im Gesicht, zwei auf dem linken Arm, einen auf dem rechten Arm in der *fossa cubitalis* und einen fünften. Da *war* ein fünfter gewesen, ungefähr fünfzehn Zentimeter unterhalb. Nicht der alte Stich, davon war nur noch eine Narbe geblieben, ein dunkelroter Knubbel mit einer Schorfstelle, weil Patrick sich gekratzt hatte. Die Carnabys konnten sich irren. Beide? Sie konnten sich nicht beide irren. Warum sollten sie lügen? Er, Greenleaf, hatte sich nicht die Mühe gemacht, die Stiche zu zählen, und als er Patrick in seinem Bett besucht hatte, bedeckten die blauen Baumwollärmel des Pyjamas beide Arme bis zu den Handgelenken. Tamsin war desinteressiert, die anderen peinlich berührt. Aber Carnaby hatte die Wespen angreifen sehen, er war am Ort des Geschehens, hatte aus dem Badezimmerfenster alles beobachtet. Freda hatte zu Patricks Füßen gesessen und seine Hand gehalten. Von allen Gästen mußten es diese beiden am besten wissen. Aber gleichzeitig wußte er, daß auch er recht hatte. *Fünf* Stiche, einen im Gesicht, zwei auf dem linken Arm …

»Warm genug für Sie?« Es war eine hohe, irritierende

Stimme, und Greenleaf mußte nicht aufschauen, um zu wissen, daß es Nancy Gage war.

»Hallo.«

»Oh, bleiben Sie nur sitzen«, sagte sie, als er Anstalten machte aufzustehen. »Ich werd's verkraften. Es ist viel zu heiß für Höflichkeiten. Ihr Männer könnt einem wirklich leid tun; immer auf und ab wie Stehaufmännchen.«

»Tut mir leid, aber Bernice ist mit den Jungen nach Nottingham gefahren.«

»Macht nichts. Ich wollte sowieso mit Ihnen sprechen. Nein, Sie brauchen mir keinen Stuhl zu holen, ich setze mich ins Gras.«

Das tat sie sehr anmutig, indem sie ihren pinkfarbenen Baumwollrock wie einen offenen Sonnenschirm um sich ausbreitete. Das Wiederaufleben der Liebe, so mühsam der Neuanfang auch sein mochte, brachte nach und nach ihre Schönheit zurück.

Es war, als sei sie eine verblühende dunkelrosa und goldfarbene Rose, in deren Blätter und Stengel durch feine Haargefäße langsam neues Leben floß. »Weswegen ich eigentlich gekommen bin: Ich wollte den Namen des Mannes wissen, der Ihr Gartenhaus gebaut hat. Wir sind dabei, unsere Flügel etwas auszubreiten – ich weiß nicht, ob Bernice es Ihnen erzählt hat –, wir möchten unsere bescheidene Klause ein bißchen erweitern, und Mr. Glide, nun, er liegt etwas hoch mit seinen Preisen, nicht?«

»Er steht im Telefonbuch. Swan heißt er, J. B. Swan.«

»Wunderbar! Welch großartiges Gedächtnis! Was sagen Sie dazu? Auf dem Weg hierher treffe ich eben dieses ulkige kleine Mädchen von Carnaby mit einer enormen Schwellung an der Lippe. Ich frage sie, was sie hat, und sie sagt: ›Einen Wespenstich‹. Sie lutschte einen dieser scheußlichen Eislollis. Ich bitte Sie, das ist doch das Letzte! Ich sage zu ihr: ›Jetzt lauf aber mal schnell nach Hause zu deiner Mutti –‹« ich vergaß, sie hat ja keine, nur eine Tante, und was für eine Tante! – »›und laß dir Bikarbonat draufmachen!‹«

»Hilft nicht viel, fürchte ich.«

»Oh, ihr Ärzte und eure Antibiotika. Ich bin ein großer Verfechter alter Hausrezepte.« Sie sprach mit der Selbstgefälligkeit einer mittelalten Matrone, und Greenleaf konnte sich genau vorstellen, wie sie in fünfzehn Jahren sein würde: untersetzt, eine wandelnde Enzyklopädie abgedroschener und ungenauer Ratschläge, der Prototyp eines alten Weibes, das sich seine Altweibergeschichten zurechtspinnt. »Ich weiß nicht, wie oft ich es noch sagen muß, aber Patrick wäre am Leben, wenn Tamsin gleich Bikarbonat genommen hätte.« Und dann fügte sie noch einen Nachsatz im perfekten Werbejargon hinzu. »Und dabei so preisgünstig!«

Greenleaf schloß einen Moment die Augen. Er öffnete sie mit einem Ruck, als sie weiterredete.

»Sobald wir von dieser schrecklichen Party zurück waren, sagte ich zu Oliver, am besten gehst du gleich noch mal mit Bikarbonat rüber nach Hallows. Er hing dann noch ein bißchen zu Hause rum, wollte warten, bis Sie weg waren. Sind wir nicht schlau? Jedenfalls ist er dann mit diesem kleinen Päckchen rübergetrottet ...« Eine absurde Beschreibung der Bewegungen dieses eleganten, düsteren Mannes, aber Greenleaf war zu sehr interessiert, um das zu bemerken. »... aber Tamsin muß schon im Bett gewesen sein. Sie hatte vergessen, die Hintertür abzuschließen, da hat es Oliver nämlich probiert, aber dieser Hund, Queenie, war in der

Küche eingesperrt und wollte ihn nicht reinlassen. Er ging ums Haus, und das ganze Essen stand noch rum. Tamsin hatte ihre Geburtstagsgeschenke draußen liegenlassen, die Pralinen und diese komische Tasche und Crispins Blumen. Sie muß völlig außer sich gewesen sein, sonst hätte sie doch nicht alles einfach so stehen- und liegenlassen. Er hat noch fünf Minuten gewartet, dann kam er nach Hause.«

»Ich nehme an, sie war müde«, sagte Greenleaf. Seine Gedanken rasten. Das war also die Antwort auf das große weiße Paketmysterium, wie er es getauft hatte. Schlicht und einfach Oliver Gage, der dem Mann seiner Geliebten Bikarbonat brachte. Und wahrscheinlich so ganz nebenbei, dachte er vulgär, noch auf ein bißchen Liebe aus war. Kein Wunder, daß er gewartet hat, bis ich weg war.

Marvells Behauptung, jeder habe während Tamsins Abwesenheit in jener Nacht Zugang zum Haus gehabt, hatte sich als falsch erwiesen.

Der Hund hätte seinen Herrn gegen jeden Eindringling verteidigt, gegen alle außer einem. Die schwachen Motive von Edith Gaveston und Denholm Smith-King verdampften wie Wassertropfen in der Sonne. Aber Tamsin hatte ein Motiv, oder besser, viele Motive, die sich in einem einzigen, gigantischen Anschlag auf Patricks Leben kristallisierten. Tamsin war jetzt reich und frei. Nicht um Gage zu heiraten, dem sie offensichtlich den Laufpaß gegeben hatte, aber frei, sie selbst zu sein in einem herrlichen, duftenden, knallbunten Durcheinander.

»Sie sind so still«, sagte Nancy. »Geht's Ihnen nicht gut? Ich sage Ihnen, was ich machen werde. Ich habe heute nachmittag überhaupt nichts vor. Ich werde reingehen und dem Strohwitwer eine schöne Tasse Tee kochen.«

Greenleaf haßte Tee. Er dankte ihr, legte seinen Kopf zurück und schloß die Augen.

14

Patrick war zu spät gestorben. Greenleaf wiederholte den Satz immer wieder, während er zur Eingangstür von Marvells Haus hinaufging. Patrick war zu spät gestorben. Nicht unter dem Gesichtspunkt von Tamsins Glück, sondern medizinisch gesehen. Marvell hatte diesen Aspekt ins Gespräch gebracht, als die Gerüchte anfingen. Doch Greenleaf hatte es damals nicht ernst genommen. Jetzt wurde ihm klar, daß es eben diese Tatsache war, die ihn die ganze Zeit über nicht hatte ruhen lassen. Wäre Patrick kurz nach den Stichen gestorben oder hätte er beim Anblick des Bildes eine Herzattacke erlitten – und Greenleaf begann langsam zu glauben, daß dieses Gemälde in Patricks Leben irgendeine ungute Rolle spielte, sich auf etwas bezog, das tief im Dschungel Freudscher Psychologie verborgen lag –, dann wäre das alles nicht weiter mysteriös gewesen. Aber Patrick war Stunden später gestorben.

Woher hatte er diesen fünften Stich bekommen? Eine Wespe im Schlafzimmer? Möglich. Patrick hatte unter schweren Beruhigungsmitteln gestanden. Man hätte wahrscheinlich etwas injizieren können, ohne ihn zu wecken. Aber warum sollte ein fünfter Stich tödlich sein, wenn vier ihm höchstens Unwohlsein bereitet hatten? Er hämmerte zum zweitenmal an die Tür des Altenhauses, doch Marvell war ganz offensichtlich nicht da. Schließlich ging er durch den Garten nach hinten und setzte sich auf die Bank.

Er war gekommen, seinen Honig abzuholen und um seinem Freund – nach langem Ringen – einen Kredit anzubieten. Er hatte mit Bernice darüber gesprochen, nachdem sie aus Nottingham zurück war, und glaubte, ein paar hundert Pfund aufbringen zu können; vielleicht genug, um das Haus weiterhin bewohnbar zu machen, den Vorschriften der Gemeindeverwaltung von Chantflower entsprechend. Sein Vorhaben war ihm unangenehm, obwohl er sich Marvell zuliebe vorgenommen hatte, die Sache sehr formell zu sehen und, um dessen Stolz nicht zu verletzen, darauf zu bestehen, daß der Kredit mit dem üblichen Zinssatz zurückgezahlt wurde – Marvell mußte sich eben in seine Geschichte von Chantefleur Abbey stürzen. Ich bin ein Bauer, dachte er, und er ist ein Aristokrat – schon wieder diese Sache mit dem Minderwertigkeitskomplex. Könnte ja auch sein, daß er mich verprügelt. Er kicherte ein bißchen vor sich hin. Er glaubte nicht, daß Marvell das tun würde.

Schließlich stand er auf und wanderte herum, denn er war doch ein bißchen nervös. Er hatte nicht damit gerechnet, warten zu müssen. Vielleicht blieb Marvell noch stundenlang fort, und er hatte seinen Mut vergeblich zusammengenommen.

Er kam am Küchenfenster vorbei und schaute hinein. Drin war der Tisch vollbeladen mit Honiggläsern. Klar und goldfarben sah er aus, nicht das zuckrige, wächserne Zeug, das man im Laden kauft. Ein Glas für ihn, eins für die Gages und die Gavestons. Wenn auch arm, so war Marvell doch ein großzügiger Mann. Letztes Jahr war die Ernte nicht sehr ergiebig gewesen, und doch hatte beinah auf jedem Frühstückstisch in Linchester ein Glas Honig gestanden. Nicht auf Patricks allerdings. Patrick schreckte vor Honig zurück, als sei es Gift.

Greenleaf wandte sich ab und folgte dem Pfad, der in den Obstgarten führte. Unter den Bäumen hielt er inne und setzte sich dann auf den Stumpf eines verwitterten alten Apfelbaumes, den Marvell im letzten Winter gefällt hatte. Sonnenlicht strömte zwischen den knorrigen Ästen hindurch und zeichnete ein gesprenkeltes Muster aus Apfel-, Pflaumen- und Birnenblättern auf die Erde. Überall um sich herum konnte er das gedämpfte, doch unheilvolle Summen der Bienen hören, die ihres Schatzes beraubt waren. Marvell, nahm er an, hatte sie entschädigt und ihnen, wie er es nannte, Silber für Gold gegeben. Er hatte dem Doktor einmal die klebrige graue Kandismasse gezeigt, die er aus gekochtem Zucker für sie bereitete. Aber trotzdem, die Verwirrung über den Verlust machte sie ärgerlich.

Drei Stöcke aus weißgestrichenem Holz standen im Garten. Als er sie zum erstenmal gesehen hatte, war Greenleaf überrascht gewesen, denn er hatte die Strohiglus erwartet, wie man sie aus Kinderbilderbüchern kennt. Der Eingang zu jedem Stock bestand aus einem Schlitz zwischen den untersten Brettern – eine hölzerne Treppe oder Plattform, auf der die Bienen in einem dünnen, dunklen Strom herauströpfelten. Etwas Fließendes lag in ihrer Bewegung, geordnet und doch ungestüm, gleichmäßig und zielbewußt. Marvell hatte ihm ein bißchen über ihr erstaunliches Sozialwesen erzählt, und mehr deswegen als aus naturkundlichen Gründen ging er hinüber und kniete sich davor.

Zuerst ignorierten ihn die Bienen. Er legte sein Ohr an die Wand und lauschte. Von drinnen waren die Geräusche einer geschäftigen Stadt zu hören, in der Tausende und aber Tausende von Bienen essen, lieben, sich vermehren und arbeiten. Er hörte ein sanftes Brausen, konstant in der Stärke, aber wechselnd in der Höhe. Wärme war zu spüren und die Fülle einer immensen, kontrollierten Aktivität

Einen Augenblick hatte er vergessen, daß diese Insekten nicht nur bloße Erntearbeiter sind, sondern auch Waffen besitzen. Als er von den Knien in die Hocke ging, erschien plötzlich eine von ihnen aus einem Baum oder vom Dach des Stockes. Sie berührte flüchtig sein Haar und ließ sich in der windstillen Luft bis vor seine Augen sinken. Er stand hastig auf und schlug danach – und nach den anderen, die anfingen, sich um sie zu versammeln. Wie schrecklich, wie verräterisch die Natur doch sein konnte! Man betrachtete sie nachdenklich mit dem Auge des Ästheten oder des Soziologen, und gerade wenn man anfing zu begreifen, daß vielleicht doch noch etwas dahinter war, erhob sie sich und schlug zu, griff einen an ... Er keuchte und rannte, froh, daß ihn niemand so sehen konnte. Zwei Bienen folgten ihm, segelten in der heißen, vom Duft reifer Früchte parfümierten Luft hinter ihm her. Er riß sein Jackett herunter und warf es sich über den Kopf. Schnaufend vor Angst und mit plötzlicher Erkenntnis stolperte er schließlich in Marvells Gartenhäuschen.

Die Arbeitsutensilien des Imkers, der Hut mit dem Schleier und der weiße Baumwollmantel, hingen von der Decke. Aus den Ärmeln schauten Handschuhe hervor. Das Ganze sah aus wie eine Vogelscheuche oder wie ein Erhängter. Nachdem er die Tür zwischen sich und seinen Verfolgern zugeschlagen hatte, setzte er sich schweißgebadet auf den Rasenmäher. Er wußte jetzt, wie Patrick Selby gestorben war.

»Aber wäre er dann nicht völlig verschwollen gewesen?« fragte Bernice. »Ich dachte, das Histamin läßt einen so anschwellen?«

»Ja, das ist richtig.« Greenleaf stand über das Spülbecken in der Küche gebeugt und wusch sich Spinnwebenreste aus Marvells Geräteschuppen von den Händen. »Ich habe ihm Antihistamin gegeben ...«

»Warum hat es nicht gewirkt, Max?«

»Ich nehme an, es hat schon gewirkt, bis zu einem gewissen Grade. Du darfst nicht vergessen, Patrick war nicht allergisch gegen Wespenstiche. Wenn er aber allergisch gegen *Bienen*stiche war, was ich annehme, dann wäre die Histaminreaktion sehr stark gewesen. 200 Milligramm Antihistamin verpuffen nicht so einfach. Das einzige für Leute mit dieser Art von Allergie ist eine Adrenalininjektion, die so rasch wie möglich erfolgen muß. Wenn das nicht passiert, sterben sie sehr schnell.« Sie schauderte, und er fuhr fort. »Patrick hat diese Injektion nicht bekommen. Er stand unter Beruhigungsmitteln, er konnte nicht um Hilfe rufen, und wenn niemand in der Nähe war ...« Er zuckte die Achseln. »Natürlich muß die Schwellung enorm gewesen sein, aber das geht allmählich zurück, und ich habe ihn erst zehn oder elf Stunden nach seinem Tod gesehen. Das Gesicht war ein bißchen aufgedunsen, und ich führte das auf den Wespenstich unter dem Auge zurück. Bis Glover dann Gelegenheit hatte, ihn sich anzusehen – nun ja!«

»Ein Unfall?«

»Zu viele Zufälle. Vier Wespenstiche, und dann wird er in seinem eigenen Schlafzimmer von einer Biene gestochen?«

»Er muß doch gewußt haben, daß er allergisch gegen Bienenstiche war.«

»Nicht unbedingt, obwohl ich annehme, daß er Bescheid wußte. Er haßte Honig. Erinnerst du dich? Er wußte ganz sicher davon, und noch jemand hat es gewußt.«

»Du meinst, er hat es jemandem erzählt?«

»Bernice, ich muß das aussprechen. Im Augenblick kann ich es nur dir gegenüber tun, aber es könnte sein, daß ich alles der Polizei erzählen muß. Diese Art von Allergie zeigt sich gewöhnlich im Kindesalter. Die Betroffenen werden gestochen, bekommen eine Adrenalininjektion, und danach passen sie auf, daß ihnen das nie wieder passiert. Aber andere wissen davon; die Leute, die dabei waren, als es geschah.« Er stand mit dem Rücken zum Fenster, hinter dem die Natur in Wallung zu geraten schien, und schaute sich die fabrikmäßig hergestellten, von Menschenhand gefertigten Dinge in seiner modernen Küche an und seine zivilisierte, korsettierte und gepuderte Bernice. »Tamsin und Patrick waren nicht nur Eheleute, sie waren auch Vettern. Sie kannten sich seit ihrer Kindheit. Auch wenn er es halb vergessen hatte und nie darüber sprach, konnte sie sich vielleicht erinnern.«

»Ganz einfach, nicht wahr? Patrick wird gestochen und nimmt Sodium Amytal zum Schlafen. Als er eingeschlafen ist, geht sie dahin, wo sie ganz sicher eine Biene bekommt: in Marvells Obstgarten. Dazu nimmt sie ihre Strohtasche mit.«

»Ich verstehe. Wegen der Belüftung meinst du. Damit die Biene nicht erstickt. Sie kann eine Biene einfangen, bevor Crispin sie sieht. Aber warum bleibt sie dann und redet von Liebe?«

»Das weiß ich nicht. Vielleicht als Alibi für ihr Kommen? Ich sage dir ja, ich weiß es nicht, Bernice. Doch als sie zurückkam, stand Patrick unter schweren Beruhigungsmitteln. Man hätte ihn wahrscheinlich mit einer Nadel piken können.«

»Oh, Max, laß die Finger davon!«

»Ich gehe jetzt rüber und rede mit ihr.« Er schob Bernices warnende Hand von seinem Arm. »Ich muß es tun«, sagte er.

Als er langsam zwischen den silbergrünen Krinolinen der Weiden herankam, war sie gerade dabei, Koffer in den großen Wagen zu laden. Das Auto stand vor den Doppeltüren, und Queenie lag auf dem Fahrersitz und beobachtete die Mauersegler, die ihre Jagdgründe über The Green verlassen hatten und durch den Garten schossen.

»Ich fahre morgen weg, Max«, sagte sie. Er nahm ihr den größten Koffer aus der Hand und hob ihn in den Kofferraum. »So eine verrückte Hetze! Ich habe mein Haus verkauft, und der Anwalt kümmert sich um alles Weitere. Queenie und ich – wir wissen noch nicht, wohin wir gehen, aber wir werden fahren und fahren. All die Möbel – die Leute haben sie gleich mitgekauft. Ich werde nichts mehr besitzen, außer meinen Kleidern und dem Auto – den Mini habe ich auch verkauft – und oh, Max, ich werde genügend Geld haben, um den Rest meines Lebens davon zu leben.«

Die Maske war kein bißchen verrutscht. Nur ihre Lippen, rotbraun gegen das dezente Braun ihres Gesichts, lächelten, und ihre glatten Wangen rundeten sich dabei.

»Laß Queenie«, sagte sie, denn Greenleaf, der kein Tierfreund war, streichelte den Nacken des Hundes, um seine Verlegenheit und seine Angst zu verbergen. »Sie denkt, sie ist ein Vogelhund. Komm ins Haus.«

Er folgte ihr ins Eßzimmer. Das Gemälde war abgenommen und lehnte an der Wand. Wollte sie es mitnehmen, oder sollte es ihr nachgeschickt werden? Sie mußte gesehen haben, wie er zögerte, denn sie nahm seine Hand und zog ihn zu einem Stuhl am Fenster. Er setzte sich mit dem Rücken zu dem gemalten Ding.

»Du magst es nicht, stimmt's?«

Greenleaf, unfähig zu lächeln, rümpfte die Nase.

»Nicht besonders.«

»Patrick mochte es auch nicht.« Ihre Stimme klang wie die eines kleinen Mädchens, naiv und verwundert. »Wirklich zu albern! Er hatte keine besondere Reife, weißt du. Ich meine, über solche Dinge wächst man doch irgendwann hinaus, oder nicht? So wie man die Angst vor der Dunkelheit verliert.«

»Nicht immer.« Gleich mußte er mit seinen Fragen anfangen. Er hatte keine Ahnung, wie sie reagieren würde. In Filmen und Theaterstücken gestanden sie entweder oder wurden gewalttätig oder lieferten sich der Gnade des Befragers aus. Seine Mission verursachte ihm Übelkeit.

Träumerisch, offenbar nichts ahnend, fuhr sie fort: »Das Bild, es hing immer in einem Zimmer im Haus meiner Großmutter. Das Gartenzimmer nannten wir es, weil es auf eine Art Wintergarten hinausging. Patrick machte ein Riesentheater, als er es zum erstenmal sah – eigentlich war es das einzige Mal, daß er es zu Gesicht bekam. Mein Onkel und meine Tante waren gerade aus Amerika zurückgekommen und blieben ein paar Nächte bei meiner Großmutter. Patrick war entsetzlich verwöhnt.« Sie drehte sich so lange, bis ihr Blick den von Salome traf. »Er war neun und ich sieben. Großmutter fand ihn wundervoll.« Ihr Lachen klang trocken und etwas bitter. »Sie mußte nie mit ihm leben. Aber sie war fair, meine Großmutter, am Ende war sie fair. Sie hinterließ mir ihr Geld.«

Wenn sie ihm nur irgend etwas Wichtiges erzählen würde, etwas, das es gerechtfertigt erscheinen ließ, die Maschinerie in Gang zu setzen, die dieses feenhafte Wesen, dieses atemlose Geschöpf von einer Frau für lange Zeit hinter Gitter schicken würde. Und dennoch ... Tamsin in Holloway, Tamsin abgehärtet, mit vergröberten Manieren, vergröberter Sprache ... Es war undenkbar.

»Das war schön für dich«, sagte er blödsinnigerweise.

»Ich liebte sie, weißt du, aber sie war ein bißchen verrückt. Der Selbstmord von Patricks Vater hat sie in den Wahn getrieben. Er hat so eine Art pathologischer Scheidungsangst bei ihr ausgelöst.«

Das ist es, dachte er. Er mußte zuhören, und gleichzeitig wollte er sie zum Schweigen bringen. Unbewußt suchte er etwas auf dem Fensterbrett.

»Wolltest du eine Zigarette, Max?«

Er nahm sich eine aus der silbernen Dose, sagte: »Ich habe es aufgegeben«, und zündete sie mit zitternden Fingern an.

»Wo war ich gerade? Ach so, bei meiner Großmutter. Sie wußte, daß Patrick und ich nicht besonders gut miteinander zurechtkamen. Komisch, sie hat uns zusammengebracht, und sie wollte, daß es gutging. Nur weil wir Cousins waren, dachte sie, wir müßten uns auch ähnlich sein. Welch ein Irrtum! Nach ihrem Tod gingen wir zur Testamentseröffnung – wie im Roman. Dramatisch, das kann ich dir sagen! Patrick wurde überhaupt nicht erwähnt. Ich weiß nicht, ob sie dachte, er hätte genug von seinem Vater geerbt – das haben wir allerdings alles in dies Haus hier gesteckt –, oder vielleicht hat sie es ihm übelgenommen, daß er sie nie besuchen kam. Jedenfalls hat sie mir ihr ganzes Geld vermacht; das Einkommen, nicht das Kapital, unter der Bedingung, daß ...«

Sie hielt inne, weil der Hund hereingetappt kam, und Greenleaf, der gespannt zugehört hatte, verfluchte die Unterbrechung.

»Unter der Bedingung, daß Patrick und ich uns niemals scheiden lassen würden!«

O Gott, dachte er, wie das alles zusammenpaßt, ein Muster, ein Geduldsspiel, das seine Söhne früher gespielt hatten. Man mußte nur die Kügelchen in die richtigen Löcher manövrieren.

»Als wenn ich mich hätte scheiden lassen wollen«, sagte sie. »Ich kann mir nicht mal meinen Lebensunterhalt selbst verdienen. Die Familie war viel zu sehr damit beschäftigt, ihm eine gute Ausbildung zukommen zu lassen, um sich mit mir zu befassen.«

Aber Patrick wollte sich von ihr scheiden lassen. Dann hätte sie nichts gehabt. Ohne ihr Geld wäre Oliver Gage nicht in der Lage gewesen, sie zu heiraten; denn die Kosten für ihre und für Nancys Scheidung hätte er tragen müssen. Wie alle anderen mußte er sich über ihr Einkommen falsche Vorstellungen gemacht haben, bis sie ihm reinen Wein einschenkte. Er stellte sich vor, wie sie es Gage gestand und er sich von ihr zurückzog, sie daraufhin verzweifelt und beschämt – denn Tamsin, da war er ganz sicher, war keine Nymphomanin – zu Marvell rannte, ihrer letzten Zuflucht. Als Marvell ablehnte, gab es nur noch einen Ausweg ...

»Weiß jemand von alldem?« fragte er unvermittelt und gab sich keine Mühe, seine Neugier zu verbergen.

»Es war so demütigend.« Sie flüsterte jetzt. »Alle dachten, mir ginge es gut, ich sei unabhängig. Aber wenn Patrick sich hätte scheiden lassen, wäre ich – wäre ich völlig mittellos gewesen.«

Das war eine plötzliche und klare Enthüllung des Motivs und brachte ihn auf den wirklichen Grund seines Besuches zurück.

»Tamsin ...« begann er. Die Zigarette machte ihn ein wenig schwindlig, und er sah die Frau in dem Stuhl gegenüber nur als einen verwischten Fleck aus Braun und Grün. »Ich bin gekommen, um dir etwas sehr Ernstes mitzuteilen. Es hat mit Patrick zu tun ...«

»Du meinst Freda Carnaby? Das weiß ich doch alles. Bitte! Die beiden waren sich so ähnlich, Max. Sie paßten wirklich zusammen. Wenn Patrick überhaupt in der Lage war, jemanden glücklich zu machen, dann Freda Carnaby. Du darfst aber jetzt nicht denken, daß ich ihn dazu getrieben habe. Nein, ich habe nur deshalb überhaupt mit Oliver – ich war so einsam, Max.«

Er war entsetzt darüber, daß sie ihn für fähig hielt, Klatsch weiterzutragen, und um ihr Einhalt zu gebieten, platzte er heraus, vergaß völlig seine professionelle Diskretion.

»Nein, nein, ich meine Patricks Tod. Ich glaube nicht, daß er an Herzversagen gestorben ist.«

War es möglich, daß sie – seit ihrer Rückkehr hier allein – nichts von dem Gerede gehört hatte? Am ganzen Körper bebend wandte sie sich ihm zu, und er fragte sich, ob das der Beginn des Ausbruchs war, den er erwartete.

»Es muß aber so gewesen sein«, rief sie. »Max, es ist doch nichts, was mich davon abhalten kann, morgen zu fahren, oder? Er war so häßlich zu mir, als er noch lebte, und jetzt, wo er tot ist – ich fühle seine Gegenwart noch immer in diesem Haus hier.«

Ihr Tonfall war so eindringlich, daß Greenleaf sich unwillkürlich umdrehte und zur Tür sah.

»Verstehst du, was ich meine? Manchmal, wenn ich die Treppe raufgehe, denke ich bei mir: Angenommen, ich finde gleich seine Schrift in der Staubschicht auf dem Frisiertisch? Das hat er immer gemacht. Ich bin keine besonders gute Hausfrau, Max, und wir konnten keine Putzfrau bekommen. Sie hatten alle Angst vor Queenie. Wenn ich nicht ordentlich saubergemacht hatte, dann schrieb er in den Staub: ›Staubwischen‹ oder ›Ich mache meine Arbeit, mach du deine‹. Das hat er wirklich getan.«

Gab es solche Ehen tatsächlich? Ja, es paßte zu allem, was er über Patricks Charakter wußte. Er konnte sich den sommersprossigen Finger mit dem kurzgeschnittenen Nagel vorstellen, wie er über das schwarze Glas fuhr, den T-Strich zog, den I-Punkt setzte.

Obwohl er ihre Launen kannte, wußte, wie plötzlich Hysterie in Nachdenklichkeit oder vages Erinnern umschlagen konnte, war er überrascht, als sie mit brüchiger Stimme hervorstieß:

»Ich habe Angst, in sein Zimmer zu gehen! Er ist tot, aber ich – stell dir vor – stell dir vor, die Schrift wäre trotzdem da!«

»Tamsin.« Er mußte das beenden. »Wie viele Wespenstiche hatte Patrick?«

Sie war noch immer angespannt, saß in ihrem Stuhl zusammengekauert, angsterfüllt vor dem Toten und dem Haus, das er gebaut hatte.

»Vier. Hat es etwas zu bedeuten? Du sagtest doch, er sei nicht an den Stichen gestorben.« Die Luft im Raum war angenehm warm, aber sie stand auf und schloß die Tür. Es war dumm von ihm, sich unbehaglich zu fühlen, an die verängstigte Putzfrau und an die Smith-King-Kinder zu denken. Sie setzte sich wieder, und er überlegte, daß sie nun hier eingeschlossen waren mit dem starken, wachsamen Hund – und alle Nachbarn verreist.

»Wie viele hatte er, als er aus dem Garten hereinkam?«

»Nun, vier, sagte ich doch schon. Ich habe nicht so genau hingesehen.«

»Und nachdem – als er tot war?«

Er drückte die Zigarette aus und legte seine Hände eng aneinandergepreßt in den Schoß. Sein Blick ruhte auf ihr, als sie nun den Weimaraner mit sanftem Fingerschnippen zu sich lockte und die perlbraune Schnauze mit der Hand umschloß.

»Komm hier, meine Queenie, meine Prinzessin ...« Trockene braune Wange gegen feuchte braune Nase; zwei Augenpaare sahen ihn an.

»Ich glaube, er wurde von einer Biene gestochen, Tamsin.«

Ein Wort von ihr, und der Hund würde losspringen. Sein einziger Schutz waren die langen Vorhänge vor den Jalousien am Fenster. Wenn er sie um sich herumwickelte, würden sie ihn einen Moment schützen, doch das Gebiß des Hundes zerfetzte den Stoff in Sekundenschnelle und dann ...?

»Von einer *Biene*?«

»Vielleicht war es ein Unfall. Eine Biene kann sich ins Schlafzimmer verirrt haben.«

»O nein.« Für ihre Verhältnisse klang das sehr bestimmt. »So kann es nicht gewesen sein.« Jetzt war ihr Mund dicht am Ohr des Hundes. Sie flüsterte etwas und löste ihre Finger von Queenies Hals. Greenleaf hatte das Gefühl, in seiner Brust klopfe etwas wie eine Hand, die plötzlich gegen seine Rippen schlug. Aber es war lächerlich, absurd; solche Dinge passierten einfach nicht! Der Hund machte sich frei. Greenleaf wappnete sich, vergaß Konvention, Stolz, Mut, alles, was man von einem Mann in solch einer Situation erwartet, und bedeckte sein Gesicht mit den Armen, während der Stuhl übers blanke Parkett nach hinten schlitterte.

15

Für einen jener Augenblicke, die eine Ewigkeit zu dauern scheinen, bis man sie durchlebt hat, war er in Furcht gefangen und an seinen Stuhl gefesselt. Seine Lider schlossen sich, und er wartete auf den heißen Atem und den tropfenden Speichel. Da kam süß und erleichternd Tamsins Stimme.

»Oh, Max, es tut mir so leid. Dieser Fußboden … Ständig rutscht man mit den Möbeln darauf herum.«

Ich würde einen katastrophalen Polizisten abgeben, dachte er, blinzelte und rückte seinen Stuhl wieder ans Fenster. Aber wo war der Hund, warum hat er mich nicht angefallen? Dann sah er Queenie, schnaufend und prustend unter dem Sideboard. Sie versuchte – einen Ohrwurm zu fangen!

»Du dummes Baby. Sie jagt alles, sogar Insekten.« Es war alles in Ordnung. Das Drama hatte sich als Spielchen mit dem Haustier entpuppt. Und Tamsin, das sah er jetzt, hatte lediglich registriert, daß er durch das plötzliche Wegrutschen seines Stuhles erschreckt war. »Wo wir gerade über Insekten reden«, sagte sie. »Das mit der Biene ist eigenartig. Ein zufälliges Zusammentreffen irgendwie. Weißt du, das war es nämlich, was passierte, als Patrick das Gemälde zum erstenmal sah. Ich kannte ihn noch nicht und beobachtete den Zwischenfall vom Garten aus. Er kam herausgelaufen, und da war die Biene auf einer Geranie. Er streckte die Hand aus, und sie stach ihn.«

Der Schock ebbte langsam ab.

»Und was geschah dann?« fragte er ziemlich zittrig.

Tamsin zuckte die Achseln und zog Queenie am Schwanz.

»Nichts weiter. Ich mußte lachen. Kinder sind grausam, nicht wahr? Großmutter und meine Tante machten ein furchtbares Aufheben. Sie steckten ihn ins Bett, und der Arzt kam. Ich erinnere mich, daß ich sagte: ›Er muß ein schrecklicher Angsthase sein, wenn wegen eines Bienenstiches gleich der Arzt kommen muß. Ich wette, bei mir hättet ihr keinen Arzt geholt.‹ Daraufhin schickten sie mich auf mein Zimmer. Später, als wir älter waren, habe ich es ihm mal erzählt, aber er wollte nicht darüber reden. Er meinte nur, er könne Bienen nicht leiden, und er haßte Honig.«

»Hast du mal daran gedacht, daß er vielleicht allergisch gegen Bienengift war?«

»Ich wußte gar nicht, daß es so was überhaupt gibt«, erwiderte sie, die Augen weit geöffnet vor Erstaunen.

Er glaubte es ihr fast. Er wollte ihr glauben, wollte ihr sagen: ›Ja, du kannst gehen. Werde glücklich, Tamsin. Fahre und fahre – weit, weit weg!‹

Jetzt erschien es ihm mehr denn je wahrscheinlich, daß die Biene zufällig ins Zimmer gelangt war. Hatte er nicht eigenhändig die Fenster geöffnet? Wespen stechen, wenn man sie provoziert. Vielleicht galt dasselbe für Bienen, und Patricks Mörderin, die sich auf seinem bloßen Arm niedergelassen hatte, war durch eine plötzliche Bewegung des Schlafenden wild geworden. Wenn Tamsin schuldig war, würde sie nach dieser Möglichkeit des Unfalls greifen, und kein Gesetz konnte ihr etwas anhaben.

»Ich hatte gefragt, ob es ein Unfall gewesen sein

kann«, sagte er. »Könnte ihn eine Biene zufällig gestochen haben?«

»Ich denke schon.« Marvell hat unrecht, dachte er. Sie ist nicht schlau. Sie ist von entzückender und unbestimmbarer Dummheit. Sie lebt in ihrer eigenen Welt, einer Traumwelt, getragen von unverdientem, unbestrittenem Einkommen. Aber Träume können sich in Alpträume verwandeln ...

Und dann sagte sie etwas, was sein Bild von ihr völlig veränderte. Sie war nicht dumm, und sie war auch keine Mörderin.

»Oh, stimmt ja gar nicht!« Verträumte Kinder bewähren sich oft in Examenssituationen, fordern überraschend Lösungen aus ihrem intensiven Innenleben zutage. »Ich weiß jetzt auch, warum nicht. Crispin hat mir mal etwas über Bienen erzählt. Sie unterscheiden sich ganz erheblich von Wespen, und wenn sie stechen, dann müssen sie das mit ihrem Tod bezahlen. Es ist so eine Art Harakiri, Max. Sie lassen den Stachel zurück, und etwas von ihrem Inneren bleibt daran hängen. Findest du nicht auch, daß das scheußlich für sie ist? Arme Bienen! Aber der Stachel hätte noch in Patricks Arm stecken müssen, wenn es ein Unfall gewesen wäre? Wir hätten ihn gesehen!«

Ohne es zu wollen, hatte er ihr ein Hintertürchen offen gelassen. Eine schuldige Frau hätte es benutzt, sich hindurchgeschlängelt. Tamsin, in ihrer Unschuld, bestätigte noch, daß ihr Mann umgebracht worden war.

»Max, du glaubst doch nicht, du denkst doch wohl nicht, ich ...«

»Nein, Tamsin, nein.«

»Ich bin froh, daß er tot ist, wirklich. Ich habe alles versucht, damit er mir das mit Oliver verzieh und diese Frau aufgab. Aber er wollte nicht. Er sagte, ich hätte ihm die Gelegenheit geboten, auf die er gewartet habe. Jetzt könne er sich scheiden lassen und Fredas Namen aus allem heraushalten. Oh, äußerlich war er Oliver gegenüber die Freundlichkeit in Person, aber die ganze Zeit ließ er seine Londoner Wohnung überwachen. Oliver und Nancy mußten zu der Party eingeladen werden. Und wenn er alle zusammen hatte, wollte er die Bombe platzen lassen.« Sie hielt inne, holte mit einem kleinen Schluchzer tief Luft und strich sich mit ihren ringlosen Fingern die gerunzelte Stirn glatt. »Er ließ gern Menschen leiden, Max. Sogar die Smith-Kings. Hast du beobachtet, wie er Denholm bei der Party gequält hat?« Als Greenleaf schwieg, fuhr sie mit unsicherer Stimme, die manchmal bis zum Flüstern herabsank, fort: »Oh, diese entsetzliche Party! Am Abend vorher ging er direkt nach dem Essen zu Freda. Ich war so verzweifelt, ich weinte und weinte, stundenlang. Oliver kam, aber ich habe ihn nicht reingelassen. All die Wochen zuvor, wenn wir in seiner Wohnung zusammen waren, deutete er schon an, daß er Nancy dazu bringen wollte, sich scheiden zu lassen. Mein Vermögen würde alles finanzieren und uns beide unterhalten. Ich mußte ihm irgendwann beibringen, daß ich kein Geld haben würde. Schließlich habe ich es ihm gesagt, Max, auf der Party.«

Und Gage hatte mit finsterer Miene neben ihr gesessen, erinnerte sich Greenleaf. Danach tanzten sie nicht mehr eng und sinnlich miteinander.

»Er wollte es einfach nicht wahrhaben. Sogar das Testament wollte er anfechten. Aber weißt du was? Ich möchte überhaupt nicht mehr heiraten. Ich habe genug davon.« Ihre Stimme wurde hart und schneidend.

»Aber ich hätte jeden geheiratet, der mich unterhalten hätte. Kannst du dir vorstellen, daß ich in einem Büro arbeite, Max? Abends in ein möbliertes Zimmer gehen und auf einem zweiflammigen Gaskocher irgendwas aufwärmen? Ich hätte sogar Crispin geheiratet.«

»Marvell hat kein Geld«, sagte er. »Sein Haus fällt über ihm zusammen, und für sein Grundstück bekommt er nicht viel.«

Sie war wie vom Donner gerührt. Endlich fiel die Maske, und ihre großen, goldfarbenen Augen weiteten sich und loderten.

»Aber seine Bücher ...?«

»Ich glaube nicht, daß er je eines zu Ende bringen wird.«

Für Greenleaf war es eine tragische Geschichte, daß Marvell sein Haus, das er so liebte, verlassen mußte, daß ihr Alptraum von dem möblierten Zimmer und dem Gaskocher für ihn Realität werden konnte. Deshalb empfand er ihr schallendes Gelächter als einen Affront. Sie konnte gar nicht wieder aufhören. Es war ein heißes Lachen, das all ihre alten Sorgen verbrannte und hinwegspülte. Der Weimaraner duckte sich, aufmerksam, verblüfft.

»Was ist daran so komisch?«

Es kümmerte sie nicht länger, was er denken oder sagen mochte.

»Es ist wahnsinnig, es ist lächerlich! Er hat die Nacht hier verbracht, weißt du, die Nacht, in der Patrick starb. Er verbrachte sie mit mir. Als du mich auf das Bett im Gästezimmer gesetzt hast am nächsten Morgen, hatte ich ganz schön Angst, ich dachte, du müßtest merken, daß ich – daß ich nicht allein gewesen war. Oh, Max, Max, siehst du nicht, wie verrückt es alles ist?«

Er starrte sie an, sein Argwohn schmolz dahin, denn er sah, daß sie über sich selbst lachte. »Ich wollte ihn wegen seines Geldes heiraten«, sagte sie, »und er mich wegen meines Geldes. Das Wahnwitzige ist, daß keiner von uns einen Pfennig besaß!«

16

Sie ging mit ihm bis zum Tor. Sie gaben sich die Hand, und ganz spontan – denn er schämte sich wegen seiner Verdächtigungen – küßte er sie auf die Wange.

»Kann ich morgen fahren, Max? Meinst du, es ist in Ordnung, wenn ich fahre?« Sie redete mit ihm, als sei er tatsächlich Polizist oder sonst irgendein Offizieller. Indem sie die Möglichkeit von Patricks Unfalltod ausschloß, hatte sie, wenn auch indirekt, erklärt, daß er umgebracht worden war. Aber Greenleaf war klar, daß sie es selbst noch nicht gemerkt hatte. Irgendwann würde es ihr dämmern, würde aus diesem reichen und wirren Unterbewußtsein auftauchen und ihr vielleicht kaum eindringlicher als die Erinnerung an ein scharfes Wort oder ein unfreundliches Gesicht im Gedächtnis bleiben. Doch zu dem Zeitpunkt war sie wahrscheinlich schon unterwegs auf der Straße, die sie – wohin? – führte. Zu einem anderen drahtigen jungen Managertypen, den ihre hexengleiche Unschuld eine Zeitlang faszinieren würde? All das ging ihm durch den Kopf, während er sein Gesicht langsam von ihrer ungepuderten Wange zurückzog.

»Auf Wiedersehen, Tamsin«, sagte er.

An den Toren des ehemaligen Herrenhauses von Linchester schaute er sich um und winkte. Sie stand da im Zwielicht, eine Hand zum Gruß erhoben, die andere auf dem Nacken des Hundes. Dann wandte sie sich ab, verschwand hinter den Weiden, und er sah sie nicht mehr.

Er betrat Marvells Anwesen durch das Törchen zum Obstgarten. Die Bienen waren noch geschäftig, und er machte einen weiten Bogen um die Stöcke. Er überlegte, daß Marvell vielleicht immer noch unterwegs war; aber dann würde er eben warten, wenn nötig die ganze Nacht.

Es wurde langsam dunkel. Eine Fledermaus flatterte an seinem Gesicht vorbei und huschte davon. Einen Augenblick sah er sie als Silhouette gegen den jadefarbenen Himmel – wie ein winziger Pterodaktylus. Er kam zu dem geschlossenen Gitterfenster und schaute hinein. Es brannte keine Lampe, aber das Porzellan spiegelte die letzten Lichtstrahlen wider. Zuerst dachte er, das Zimmer sei leer. Nichts bewegte sich. Dann entdeckte er zwischen Lehne und Armlehne eines Sessels, der mit dem Rücken zum Fenster stand, den Zipfel eines weißen Ärmels, und er wußte, daß Marvell dort saß.

Er klopfte an die Hintertür. Keine Schritte, kein Geräusch knarrender Dielen oder das Rutschen eines Sessels auf dem Boden. Die Tür war nicht verschlossen. Er schob den Riegel beiseite, ging an dem Tisch voller Honiggläser in der Küche vorbei ins Wohnzimmer. Marvell schlief nicht. Er saß zurückgelehnt in seinem Sessel, die Hände lose im Schoß gefaltet, und starrte auf die gegenüberliegende Wand. Auf dem Kaminrost, diesem widersinnig hübschen Rost, glänzend wie schwarzes Silber, lag ein Häufchen verbranntes Papier. Ohne fragen zu müssen wußte Greenleaf, daß Marvell sein Manuskript verbrannt hatte.

»Ich bin früher gekommen«, sagte er. »Ich wollte dich etwas fragen. Aber das spielt jetzt keine Rolle mehr.«

Marvell lächelte, reckte sich und richtete sich auf.

»Ich war bei Glide, um ihm zu sagen, daß er das

Grundstück haben kann«, sagte er. »Du kannst deinen Honig mitnehmen, er ist fertig.«

Greenleaf würde sein Leben lang keinen Honig mehr essen. Er fühlte eine leichte Übelkeit, aber er hatte keine Angst, überhaupt keine Angst. Ihre Blicke trafen sich, und weil er es nicht ertragen konnte, in diese hellblauen Augen – ruhig, spöttisch, unergründlich traurig – zu schauen, nahm er seine Brille ab und begann, sie an seinem Rockaufschlag zu putzen.

»Du weißt es, nicht wahr? Ja, ich sehe dir an, daß du es weißt.«

Leicht benebelt, kurzsichtig, tastete Greenleaf nach dem Stuhl und setzte sich auf die äußerste Kante. Die hölzernen Armlehnen fühlten sich kalt an.

»Warum?« fragte er. Seine Stimme kam ihm entsetzlich laut vor, bis ihm klar wurde, daß sie bisher geflüstert hatten. »Warum, Crispin?« Und der Vorname, den er so lange vermieden hatte, kam ihm ganz natürlich über die Lippen.

»Geld? Ja, sicher, Geld. Es ist die einzig wahre Versuchung, Max. Liebe, Schönheit, Macht, sie sind nur die Kehrseite einer Medaille, die Geld heißt.« Aus seiner dunklen Ecke sagte Greenleaf: »Sie hätte keines bekommen, wenn Patrick sich von ihr hätte scheiden lassen. Das war die Bedingung im Testament.« Die Überraschung seines Gegenübers wirkte echt, aber im Gegensatz zu Tamsin lachte er nicht. »Du hast es nicht gewußt?«

»Nein, ich habe es nicht gewußt.«

»Dann ...?«

»Ich wollte mehr. Verstehst du nicht, Max? Das Grundstück, den Glaspalast ... Mit dem Geld aus dem Verkauf und seinem Geld und ihrem. Was hätte ich hier nicht alles machen können?« Er breitete seine Arme weit aus, als wolle er den ganzen Raum, das ganze Haus in seine Umarmung einbeziehen. »Sag mir – ich bin neugierig –, was wollte sie von mir?«

»Geld.«

Er seufzte.

»Ich dachte, ich könnte Liebe erkennen«, sagte er. »Aber natürlich, ich verstehe. Diese Art Handel ist ein Privileg der Frauen. Kann ich es dir erzählen?«

Greenleaf nickte.

»Sollen wir etwas Licht machen?«

»Lieber nicht«, sagte der Doktor.

»Ja, das hätte ich mir denken können, daß du so empfindest. Vielleicht sollte ich, wie Alice, den Anfang mit dem Anfang machen, weitererzählen, bis ich ans Ende komme, und dort aufhören.«

Was mochte in einem Mann vorgehen, der am Rande des Abgrunds aus Kinderbüchern zitierte?

»Wie du willst.«

»Als Glide mir die Sache mit dem Haus eröffnete, brach für mich eine Welt zusammen. Zu Ende denn! Der klare Tag ist hin. Im Dunkel bleiben wir. Genauso fühlte ich mich.« Er hielt einen Moment inne und rieb sich die Augen. »Max, ich habe dir die Wahrheit und nichts als die Wahrheit gesagt, weißt du das?«

»Bis auf eine Lüge.«

»Eine einzige, aber lassen wir das im Moment. Ich sagte, ich will am Anfang beginnen, aber ich weiß nicht mehr genau, wo der Anfang war. Vielleicht im letzten Jahr, als Tamsin mir beim Honigmachen half. Sie erzählte, daß Patrick keinen Honig mag. Er habe Angst vor Bienen und allem, was mit ihnen zu tun hat, dabei sei er nur ein einziges Mal gestochen worden, als kleiner Junge bei seiner Großmutter. Er habe sich vor einem Bild erschreckt, dem Bild eines Mädchens, das den Kopf eines Mannes auf einer Platte hielt, und er sei hinausgerannt in den Garten, da habe ihn eine Biene in die Hand gestochen.«

»Ja, das hat sie mir auch erzählt.«

»Max, sie wußte nicht, warum man nach dem Arzt geschickt hatte. Sie dachte, es wäre nur deshalb gewesen, weil Patrick ein verzogener Bengel war. Sie hatte keine Ahnung, warum der Arzt ihm eine Spritze gab und stundenlang bei ihm blieb. Aber ich las damals gerade ein Buch über Allergien. Es interessierte mich wegen meines verdammten Heuschnupfens. Als sie gegangen war, las ich das Kapitel über Bienengiftallergien und fand heraus, warum der Arzt bei Patrick geblieben war und was er ihm injiziert hatte. Er muß allergisch gegen Bienengift gewesen sein. Ich erzählte Tamsin nichts davon. Warum, weiß ich selbst nicht. Vielleicht, daß ich schon damals ... ich weiß es einfach nicht, Max.«

»Manche Leute verlieren ihre Allergien, wenn sie erwachsen werden«, sagte Greenleaf.

»Das weiß ich auch. Aber wenn nicht, wer kann das schon vorhersagen?«

»Dies war so ein Fall.«

Marvell fuhr fort, als habe er ihn gar nicht gehört.

»Es war nicht vorausgeplant. Und wenn, dann dauerte die Planung nur ein paar Minuten. Es begann mit dem Bild. Ich kenne die Vorgeschichte nicht, aber ich nehme an, als Tamsin das Bild angeboten wurde, stimmte in der Beziehung zwischen Patrick und ihr noch alles – zumindest soweit es überhaupt je gestimmt hat. Natürlich wußte sie, daß er es als Kind verabscheut hatte, aber sie dachte wohl, er sei darüber hinweg.«

»Als das Ding ankam«, meinte Greenleaf bedächtig, »muß sie den guten Vorsatz gehabt haben, ihre Ehe wieder in Ordnung zu bringen. Er hätte denken können, sie wolle ihn damit ärgern, also ließ sie es in ihr Zimmer bringen, einen Raum, den er nie betrat.«

»Dort sah ich es – und, Max, meine Bemerkung darüber war ganz harmlos gemeint.«

»Zu dem Zeitpunkt war Tamsin alles egal.«

Er mußte liebenswürdig bleiben, nicht Polizist, nicht Inquisitor. »Erzähl weiter«, sagte er sanft.

»Erst in dem Moment, als Patrick so heftig reagierte, erinnerte ich mich an die Sache mit dem Bienenstich. Diese Versuchung, Max! Sie machte mich ganz krank. Ich weiß nicht mehr, wie ich die Treppe runtergekommen bin.«

»Ich weiß noch«, sagte Greenleaf. »Ich weiß noch genau, was du gesagt hast. Etwas wie: Der Kindheit Aug' allein scheut den gemalten Teufel oder so ähnlich. Ich dachte, es sei eben nur wieder eines deiner Zitate.«

Marvell lächelte ein bitteres, verkniffenes Lächeln.

»Ist es auch. Macbeth. Nur hat es im Text eine andere Bedeutung. Macbeth sieht die Dinge nicht aus der Erinnerung eines Kindes, sondern auf kindliche Weise. Ich nehme an, es war mein eigenes Unterbewußtsein, das dem Zitat diese Bedeutung gab. Ich wußte, daß Patrick Angst hatte, weil er sich an das Ereignis *als Kind* erinnerte, weil es passierte, als er ein Kind *war.* Dann stachen ihn die Wespen. Auch da sah ich meine Chance noch nicht. Ich war mir Tamsins nicht sicher. Ich hatte nie mit ihr geschlafen. Soweit ich wußte, sah sie in mir vielleicht nur einen alten Lehrmeister, der ihr Haus- und Landwirtschaft beibrachte. Um Mitternacht kam sie dann in meinen Obstgarten.«

»Aber die Strohtasche hatte sie nicht bei sich«, unterbrach Greenleaf rasch. »Das war überhaupt nicht ihr Stil. Nebenbei, als Oliver Gage mit seinem Bikarbonat kam, war Tamsin fort, aber die Tasche lag auf ihrem Geburtstagstisch.«

Marvell stand auf und ging zum Fenster hinüber, öffnete einen Flügel. »Meine einzige Lüge«, antwortete er. Greenleaf sah zu, wie er die dunkelblaue Luft in tiefen Zügen einatmete. »Zieht es?«

»Das macht nichts.«

»Ich hatte – ich hatte plötzlich das Gefühl, ich würde gleich ohnmächtig.« Schock oder Angst? Greenleaf fragte sich bestürzt, ob Marvell vielleicht schon seit Monaten nicht genügend zu essen bekam. »Ich mache jetzt zu.« Umständlich schob er die langen Büschel der Tradescantia beiseite. »Ich würde gern die Lampe anzünden. Es macht dir doch nichts aus?« Als Greenleaf den Kopf schüttelte, sagte er eindringlich: »Dunkelheit ... Dunkelheit ist eine Art Armut.«

Als die Lampe brannte, legte Marvell die Hände darum. Sie hatten die fahle Durchsichtigkeit des Alters, und Greenleaf dachte, wenn die Hände seines Sohnes dies Licht umspannten, würde es rot durch sie hindurchschimmern.

»Es war alles so, wie ich es dir erzählt habe«, fuhr Marvell fort. »Außer, daß ich nicht nein sagte zu Tamsin. Ich stimmte zu, ging mit ihr und gab vor, mein Jackett im Garten vergessen zu haben. Dann lief ich zum Schuppen und holte meine Handschuhe, den Schleier und ein kleines Kästchen mit Maschendrahtdeckel. Ich hatte darin mal eine Bienenkönigin geschickt bekommen.

Als wir nach Hallows kamen, ging ich mit ihr hinein. Sie hatte mir erzählt, daß du Patrick ein Schlafmittel gegeben hattest, und wir wußten beide, daß ich bei ihr bleiben würde. Wir sprachen nicht darüber, aber wir wußten es. Sie wollte nicht zu ihm hineinschauen und ging duschen. Während sie im Bad war und ich das Wasser rauschen hörte, ging ich zu Patrick. Ich war mir nicht sicher, ob der Stich ihn aufwecken würde. Auf dem Frisiertisch lag ein großes Nadelkissen. Daraus nahm ich eine Nadel und pikte ihn ganz leicht damit. Er bewegte sich nicht einmal.«

Greenleaf fühlte eine tödliche Kälte in sich hochkriechen, eine Kälte, die in einem gewaltigen, vibrierenden Schauder gipfelte.

»Dann setzte ich die Biene auf seinen Arm und reizte sie ... bis ... bis sie ihn stach, Max.« Er ließ seine Hände von der Lampe gleiten, bis sie ausgespreizt auf dem Tisch lagen. »Ich kann dir nicht sagen, wie ich mich dafür verachte. Ich weiß, es klingt vielleicht sentimental, aber die Bienen sind meine Freunde. Sie arbeiten treu für mich, und jedes Jahr nehme ich ihnen den Honig, ihren größten Schatz. Sie ernähren mich – manchmal hatte ich tagelang nichts außer Brot und Honig zu essen. Jetzt zwang ich eine von ihnen, sich für mich umzubringen. Sie senkte ihren Stachel in diese widerlichen Sommersprossen ... Mein Gott, Max, es war schrecklich, mit ansehen zu müssen, wie sie noch versuchte davonzufliegen und dann starb. Entsetzlich!«

Greenleaf wollte etwas sagen. Aber er hielt sich zurück und verkroch sich in seinem Sessel. Sie besaßen nicht dieselbe Wellenlänge, ein Landarzt und dieser Naturalist, der einen Menschen töten und gleichzeitig den Tod eines Insekts betrauern konnte.

Marvell lächelte grimmig. »Danach mußte ich bleiben. Bleiben, damit sie nicht in das Zimmer ging. Sie haßte Patrick, aber ich glaube, sie hätte ihn nicht einfach sterben lassen.« Er erhob sich zu voller Größe, und im Halbdunkel war er wieder jung. »Tamsin und ich liebten uns unter den Augen von Herodes' Nichte.« Seine Schultern sackten, als lege sich das Alter wie ein Umhang über ihn. »Zu dem Zeitpunkt dachte ich, es sei ein hübscher Einfall. Ich hätte daran denken sollen, Max, daß vielleicht beide die Begierden alternder Männer verstehen konnten. Ich hielt es für Liebe.«

Er setzte sich auf den Tisch und ließ die Beine baumeln.

»Um vier ging ich. Sie schlief. Patrick war tot. Ich vergewisserte mich. Der Hund kam die Treppe herauf, und ich ließ ihn zu Tamsin ins Zimmer.«

»Vielleicht war ich eitel, Max, vielleicht dachte ich, ich hätte so eine Art *droit de seigneur*, vielleicht bin ich einfach nur altmodisch ... Weißt du, ich nahm an, dieser Akt bedeute einer Frau etwas, ja, daß sie mich nun heiraten müsse. Als sie mir klarmachte, daß sie mich nicht wollte, fühlte ich mich – mein Gott! Sie hatte mich zuvor haben wollen, aber ich bin fünfzig, und sie ist siebenundzwanzig. Ich dachte ...«

»Crispin, ich verstehe.« Es war schlimmer, als Greenleaf angenommen hatte. Er hatte nicht mit diesem Herumwühlen bis an die Wurzeln der Männlichkeit eines anderen gerechnet. »Bitte, hör auf. Ich wollte nie ...«

»Aber es ging um Geld, immer Geld.« Er lachte Greenleaf an, rauh, aber doch ziemlich vernünftig. »Jetzt ist alles besser, alles ist besser. Noch bin ich Antonius!«

»Aber warum«, wollte Greenleaf wissen, »warum erzählst du mir so viel?« Er war verärgert, doch sein Ärger war nur ein winziger Funke im Feuer seiner übrigen Emotionen: Erstaunen, Mitleid und eine Art Trauer. »Du hast mich da reingetrieben. Du hast mich mißtrauisch gemacht.« Er spreizte die Finger, dann umklammerte er die Armlehnen seines Sessels.

Ruhig sagte Marvell: »Natürlich hatte ich zuerst vor, ungeschoren davonzukommen.« In seinem Gesicht spiegelte sich sanfte Ausdruckslosigkeit. Ebenso hätte er dem Doktor seine Methode des Bäumebeschneidens erklären können. »Aber als ich merkte, daß ich Patrick umsonst umgebracht hatte, für nichts und wieder nichts, wollte ich – ja, ich nehme an, ich wollte etwas von diesem Unsinnigen wieder gutmachen. Kriminelle sind eitel, heißt es.« Und mit einer Art Verwunderung bemerkte er: »Ich bin ein Krimineller. Mein Gott, so habe ich es noch gar nicht betrachtet. Nein, ich glaube nicht, daß es diese Art von Eitelkeit war. All die Schachzüge, sie schienen wie ein Spiel. Ich dachte, ein Arzt, und nur ein Arzt könne es lösen. Deshalb habe ich mich immer wieder an dich gewandt, Max.«

Er versuchte eine flüchtige Bewegung in Richtung Greenleaf, als wolle er ihn berühren. Dann zog er seine Hand wieder zurück.

»Ich wollte dich für die Sache interessieren. Dann brachte Nancy den Stein ins Rollen. Ich habe immer geglaubt, Haß sei etwas sehr Unzivilisiertes, aber ich haßte Tamsin tatsächlich. Als dein Verdacht auf sie fiel, dachte ich: Zur Hölle mit Tamsin!« Er hob die Augenbrauen und lächelte. »Wenn es so weit gekommen wäre, daß ... vielleicht ... Ich glaube, ich hätte es nicht fertiggebracht, sie für etwas leiden zu lassen, das ich getan habe.«

»Hast du dir keine Gedanken darüber gemacht, was es bedeuten könnte, wenn ich alles herausfinde?«

Marvell ging zum Kamin, nahm ein Streichholz aus der Schachtel auf dem Sims, strich es an und warf es zwischen die verkohlten Überreste seines Manuskripts. Eine einzige, spiralformige Flamme erhob sich und beleuchtete sein Gesicht.

»Max«, sagte er. »Ich hatte nichts mehr zu erwarten. Ich habe ein schönes Leben geführt, ein gutes Leben. Weißt du, ich habe immer gedacht, das einzig Wahre für einen Mann sei, seine Erde zu bearbeiten, die Früchte dieser Erde sorgsam zu verwalten, herrliche Dinge aus einem Glas Honig zu machen, aus einem Korb voller Rosenblätter. Abends schrieb ich über die Vergangenheit, ich redete mit Menschen, die sich wie ich an die Zeiten erinnern, bevor Steuern und ähnliche Auflagen alles auffraßen, was das Leben für Leute wie mich zu einer Art, einer Art goldenem Traum machte. Oh, ich weiß, daß es ein Traum war. Ich war kein besonders nützliches Mitglied der Gesellschaft, aber ich fiel ihr auch nicht zur Last. Nur eine Drohne, die den Arbeitern zusieht und darauf wartet, daß der Sommer zu Ende geht. Mein Sommer ging zu Ende, als Glide mir die Sache mit dem Haus eröffnete. Das meinte ich, als ich sagte: Der klare Tag ist dahin, und es gäbe nur noch das Dunkel.«

Als die Flamme erstarb, wandte er sich um und schaute, die Hände auf dem Rücken verschränkt, auf Greenleaf herunter.

»Ich weiß nicht, was ich tun soll«, sagte der Doktor. Es war genau dieser verzweifelte Satz, den er sonst von der anderen Seite seines Schreibtisches in seinem Sprechzimmer zu hören bekam.

»Es gibt nur eines, was du tun kannst, oder?« meinte Marvell ruhig. »Du kannst nicht Mitwisser eines Verbrechens sein. Du bist kein Priester, der eine Beichte abnimmt.«

»Ich wünschte«, sagte Greenleaf, und eine Woge von Bitterkeit ließ seine Stimme schwanken. »Ich wünschte, ich wäre dabei geblieben, als ich sagte, ich wolle von der ganzen Sache nichts hören.«

»Ich hätte dich dazu gebracht.«

»Zum Donnerwetter!« Er sprang auf, und sie standen einander in dem gelben Lichtschein gegenüber. »Hör auf, mir Gott Vater vorzuspielen!«

»Max, alles ist vorbei. Ich werde mich waschen, ein paar Sachen zusammenpacken, und dann gehen wir zur Polizei.« Als das Gesicht des Doktors sich umwölkte, fügte er rasch hinzu: »Du kannst bei mir bleiben, wenn du willst.«

»Ich warte auf dich. Aber nicht hier, im Garten draußen. Ich bin kein Polizist, Crispin.« Wie oft hatte er das in den letzten Wochen gesagt! Oder hatte er es eigentlich nur zu sich selbst gesagt, in einem sich ewig wiederholenden Refrain, der ihn am Tage irritierte und sich in seinen Nächten festfraß?

Marvell zögerte. Etwas bewegte sich in seinen Augen, aber er sagte nur: »Max ... vergibst du mir?« Und als der Doktor nichts erwiderte, nahm er die Lampe und trug sie vor sich her in den Flur.

Der Garten war ein Paradies süßer Düfte. Zuerst war Greenleaf zu verwirrt, zu niedergeschmettert, um denken zu können. Er ging über den Rasen, beobachtete seinen eigenen Schatten, schwarz auf dem silbern schimmernden Gras. Die hohen Bäume bewegten sich sanft, und eine Eule hoch in der Luft verdunkelte das Gesicht des Mondes.

Im Haus hinter sich sah er den Schein der Lampe

in einem Fenster, dem Badezimmerfenster. Alles andere von Marvells Heim lag im Dunkel, und es war so still, als habe Glide es bereits gekauft, als erwarte es mit einer Art geduckter Resignation die Ankunft der Bulldozer. Vielleicht ein Jahr würde vergehen – sechs Monate, wenn das Wetter hielt, dann würde ein neues Haus erbaut sein. Ein nachgemachter Tudor-Phönix eines Nottinghamer Geschäftsmannes aus der Asche der Häuschen des Andreas Quercus, aus der Zeit, als Georg I. noch in London hofhielt.

Das Licht brannte immer noch, aber kein Schatten bewegte sich im Bad. Ich muß ihm Zeit lassen, dachte Greenleaf, nur noch ein paar Minuten. Er hat lange allein gelebt, seine Einsamkeit geliebt, vielleicht wird er nie mehr allein sein.

Er mied den Obstgarten und ging im Kreis um den Rasen, bis er wieder an der Haustür anlangte. Drinnen tastete er sich seinen Weg durchs Dunkel. Seine Finger berührten die rauhen Wände, glitten über die Teller, die gerahmten Lithographien. An der Tür zum Bad hielt er inne und lauschte. Kein Geräusch war zu hören. Und während er dort stand und auf den Lichtstreifen zwischen Tür und Fußboden schaute, mußte er unwillkürlich an ein anderes Haus denken, ein anderes Badezimmer, wo Tamsin ihren schlanken, gebräunten Körper geduscht hatte, während ihr Liebhaber Patrick sein individuelles Brandzeichen des Todes aufdrückte.

Er ging in dem engen Flur auf und ab, eine ungewisse Übelkeit rumorte in seinem Magen und stieg ihm bis in die Kehle. Als er es nicht mehr aushalten konnte, rief er: »Crispin!« Die anhaltende Stille trieb ihn in Panik. »Crispin, Crispin!« Er hämmerte an die schwere alte Tür, aber seine Fäuste waren taub und kraftlos, sie schienen seinem angespannten Körper nicht mehr zu gehorchen.

Im Kino hätte er mit der Schulter die Tür gerammt, und sie hätte nachgegeben wie Pappe. Doch auch ohne es zu versuchen, wußte er, daß es ihm unmöglich sein würde, die zentimeterdicke Eichentür aufzubrechen. Statt dessen suchte er tastend den Weg zurück und fragte sich, was für ein pumpendes, pulsierendes Klopfen er in der Finsternis hörte. Als er wieder in der frischen Kühle der Nacht stand, merkte er es. Er hörte seinen eigenen Herzschlag!

Es kostete ihn Überwindung, durch das erleuchtete Fenster zu schauen. Er nahm die Hände von den Augen wie ein Mann, der die Vorhänge zurückzieht, um einen unwillkommenen Tag einzulassen. Das Glas der Scheiben war alt und gewellt, das Licht schwach, doch hell genug, ihm zu zeigen, was zu sehen er befürchtet hatte.

Das Bad war voller Blut.

Nein, das konnte nicht sein – das konnte nicht alles Blut sein. Es mußte Wasser sein, Massen von Wasser. Aber es sah aus wie Blut, dünn, scharlachrot und unbewegt. Marvells Gesicht ruhte knapp über der Wasseroberfläche – der Blutoberfläche –, und das gerade erloschene Leben hatte auch das Alter, die Linien des Alters ausgelöscht. Genauso hatte das Haupt auf Salomes silbernem Teller ausgesehen.

Greenleaf hörte jemanden schluchzen. Beinah hätte er sich umgedreht. Dann wußte er, daß er selbst es war, der aufgeschluchzt hatte. Er zog seine Jacke aus, kämpfte damit, wie man im Traum oft mit Kleidern ringt, und wickelte sie sich um Faust und Unterarm. Das Fenster zerbrach mit einem lauten Klirren. Greenleaf öffnete den Riegel und quälte sich ins Innere.

Marvell war tot, aber warm und schlaff. Der Doktor hob die herunterhängenden Arme und sah erst die Schnittwunden an den Handgelenken, dann das Rasiermesser in dem durchsichtig roten Wasser. Geschichte war nicht Greenleafs Stärke, aber als er die toten Hände seines Freundes hielt, fiel ihm eine Vorlesung seines Professors für Gerichtsmedizin ein. Die Römer, hatte er gesagt, begingen auf diese Weise Selbstmord: Sie ließen das Leben in warmem Wasser verströmen. Was hatte Marvell gesagt? ›Noch bin ich Antonius‹ und ›Max, vergibst du mir?‹

Greenleaf berührte nichts weiter, obwohl er gern das Wasser abgelassen und den toten Körper zugedeckt hätte. Er schloß die Tür auf, nahm die Lampe mit hinaus und ließ Marvell allein in der Dunkelheit zurück, die er für sich gewählt hatte.

Auf halbem Weg durch den Wohnraum hielt er inne und nahm, einem Impuls folgend, den olivfarbenen Teller mit dem Zweig und dem Apfel von der Wand. Als er ihn in die Tasche gleiten ließ, fühlte er mit den Fingerspitzen, die so viele menschliche Narben berührt hatten, die Druckstelle an der Unterseite der glasierten Frucht.

Der Weg durch den Wald mit seinen schwingenden Ästen war nichts für ihn heute nacht. Er blies die Lampe aus und ging über die Long Lane nach Hause.

In den Häusern von Linchester brannte noch Licht. Die Gages hörten laute Musik, bei den Gavestons bewegten sich lebhafte Schatten vor den Lichtvierecken der Fenster hin und her. Als er zu Shalom kam, fuhr ein Taxi an ihm vorbei, Frauen winkten, und Walter Millers Gesicht, braun wie eine Kastanie, grinste ihn unter einem rosa Strohhut an. Wieder daheim in Linchester, zu Hause, rechtzeitig zum Herbst und zur größten Sensation, die sie je erlebt hatten ...

Bernice öffnete die Tür, noch bevor er seinen Schlüssel herausziehen konnte.

»Liebster, du siehst krank aus! Was ist passiert?« rief sie, legte die Arme um ihn und hielt ihn dicht an sich gepreßt.

»Gib mir einen Kuß«, sagte er, und als sie es getan hatte, löste er ihre Arme von seinem Hals und legte sie sanft an ihre Seite. »Ich werde dir alles erzählen«, sagte er. »Aber nicht jetzt, jetzt muß ich erst telefonieren.«